Die Frau des Quacksalbers

Umschlagsfoto:

„Vereistes Wattenmeer"

Marion Scheer

Die Frau des Quacksalbers

Lina Eichhorn ermittelt

in Dornum

Kriminalroman von Marion Scheer

Bibliografische Information der Deutschen Nationalbibliothek: Die Deutsche Nationalbibliothek verzeichnet diese Publikation in der Deutschen Nationalbibliografie; detaillierte bibliografische Daten sind im Internet über dnb.dnb.de abrufbar.

© 2019 Marion Scheer

Herstellung und Verlag:
BoD – Books on Demand, Norderstedt

ISBN: 9783741294846

Zur Autorin

Marion Scheer wurde 1952 in Düsseldorf geboren. Im Anschluss an eine Banklehre und einige Jahre als Sachbearbeiterin bei einer Düsseldorfer Großbank, studierte sie Mathematik, Geografie und Geschichte auf Lehramt. Sie lebt und arbeitet seit fast vierzig Jahren an der ostfriesischen Nordseeküste und ist mehrfache Mutter und Oma. Solange sie schreiben kann, betreibt sie in ihrer Freizeit die Schriftstellerei. Dabei verarbeitet sie vorwiegend tatsächliche Begebenheiten und Erlebnisse zu Fantasiegeschichten. Leider verhinderten mehrere schwere Schicksalsschläge, dass ihre Romane schon früher veröffentlicht wurden.

Heute lebt die Schriftstellerin mit ihrem jetzigen Ehemann zurückgezogen in der Nähe von Emden.

Kontakt: mascheer@gmx.net

Kapitelübersicht:

Unterwegs 7
Der Empfang 16
Das Quartier 26
Der Tatort 34
Teamwork 46
Familienprobleme 53
Untersuchungen 59
Hilfsbereite Nachbarn 67
Routinearbeit 80
Klatsch und Tratsch 86
Befragung 93
Im Fischladen 98
Cafébekanntschaft 103
Erstes Resümee 109
Verdachtsmomente 115
Mordkonstruktionen 121
Veränderungen 127
Tante Frieda 137
Spuren im Schnee 145

Feierabend 152

Spaziergang am Meer 160

Zahnschmerzen 164

Der Hauptverdächtige 171

Nachtgedanken 186

Komplikationen 191

Stadtführung 200

Stein des Anstoßes 206

Zweisamkeit 215

Das Geständnis 224

Abschluss 238

Epilog 242

Danksagung 243

Unterwegs

Der Zug schien sich über die Strecke von Oldenburg nach Norden zu quälen. Jedenfalls empfand es Lina Eichhorn so. Sie fuhr selten mit der Bahn, streng genommen nur einmal im Jahr, wenn sie ihren regelmäßigen Winterurlaub in der Schweiz antrat. Dann ging es aber in die südliche Richtung, und sie war bester Laune, weil ihr eine wundervolle Zeit der Entspannung bevorstand. Außerdem wurde sie auf diesen Reisen gewöhnlich von ihrer munteren Tochter begleitet, die während der Fahrt keine Langeweile aufkommen ließ. Inzwischen war aus dem niedlichen kleinen Fratz eine selbstbewusste Achtzehnjährige geworden, die bereits ihren eigenen Führerschein besaß.

Und genau das war der eigentliche Grund, weshalb Hauptkommissarin Eichhorn an diesem frostigen Dezembermorgen in einem leeren Eisenbahnabteil saß und Richtung Nordseeküste tuckerte. Ihre Tochter Carina benötigte das Auto.

Frau Eichhorn sah seufzend aus dem Abteilfenster. Die Landschaft war flach und öde. Weiße Fetzen eines allzu frühen Wintereinbruches überzogen die abgegrasten Weiden und die umgepflügten Felder. Nur hie und da hatte eine kahle Baumgruppe sich behaupten können. Der Himmel hing bleiern über der tristen Szenerie. Das richtige Wetter für Depressionen! Die resolute Hauptkommissarin beschloss entschieden gegen die aufkommende emotionale Verstimmung anzugehen und zog etwas unwirsch eine Akte aus ihrer Reisetasche.

SoKo Dornum' stand auf dem grauen Pappdeckel. Man hatte sie zur Leiterin einer Sonder-Kommission ernannt, die einen Mordfall in der Herrlichkeit Dornum aufklären sollte. Über den Fall ließen sich erste Informationen aus den Berichten der örtlichen Polizei entnehmen.

Eine fünfunddreißigjährige Frau, in kinderloser Ehe mit einem Arzt verheiratet, war das Opfer. Der seit der Tat flüchtige Ehemann wurde als Hauptverdächtiger bezeichnet. Da er gebürtiger Grieche war, lag die Vermutung nahe, dass er sich ins Ausland abgesetzt hatte. Die internationale Fahndung nach ihm lief bereits auf Hochtouren. Die Obduktion-Ergebnisse standen leider noch aus. Aber der Leichenbeschauer hatte bereits festgestellt, dass die Frau erstochen worden war.

So weit die Fakten.

Lina Eichhorn betrachtete die beigefügten Fotos vom Tatort. Die Tote lag nur mit einem leichten Nachthemd bekleidet auf dem gefliesten Fußboden der Arztpraxis. Die brutalen Einstiche hatten das zarte hellblaue Bekleidungsstück total zerfetzt und blutdurchtränkt. Da hatte jemand mit brutaler Gewalt oder blinder Wut zugestochen. Auffällig war, dass das Gesicht der Leiche völlig entspannt und ätherisch wirkte — wie das eines Engels. Es musste zu Lebzeiten eine sehr schöne Frau gewesen sein.

Dabei stellte die Kriminalbeamtin wieder einmal erstaunt fest, wie traurig und wütend sie der gewaltsame Tod eines Menschen immer noch machte, obwohl die Beschäftigung mit derartigen Verbrechen seit fast zwanzig Jahren Routinearbeit für sie bedeutete. Doch mit Mord konnte und wollte sie sich nicht kühl und gelassen beschäftigen!

Sie schloss die Akte und blickte abermals aus dem Fenster. Der Zug ratterte gerade an einer kleinen Ansiedlung vorbei. Die roten Klinkerhäuser mit ihren weit heruntergezogenen Dächern und den weißen Sprossenfenstern vermittelten den ersten Eindruck von Ostfriesland. Sie schienen sich wie Zwerge mit übergroßen roten Zipfelmützen förmlich in die ebene Landschaft zu ducken, um gegen Wind und Wetter besser geschützt zu sein. Eine große Gruppe mächtiger Windräder, die kurze Zeit später das Auge fesselte, wirkte als versuche sie mit ihren gleichmäßig drehenden riesenhaften Propellerflügeln den düsteren Himmel anzukratzen und sein strahlendes Blau zum Vorschein zu bringen.

Ein grüner Traktor quälte sich in langen wie mit dem Lineal gezogenen Reihen über eine Anbaufläche von beachtlicher Größe. Dahinter scharrten und pickten weiße Möwen und große pechschwarze Krähen in dem frisch gepflügten feucht glänzenden Ackerboden nach Fressbarem.

Die Gedanken der Hauptkommissarin schweiften ab. Was mochte sie in Dornum erwarten? Sie kannte weder den kleinen ostfriesischen Ort, noch die dort auf sie wartenden Kollegen persönlich.

Aus anderen derartigen Einsätzen wusste sie aber bereits, dass sie in solchen Fällen meistens als Eindringling betrachtet und auch behandelt wurde. Ihr einziger Vorteil war, dass sie es als

Frau verstand, ihren Charme spielen zu lassen. Wenn sie den männlichen Kollegen die Möglichkeit gab, sich wie Gentlemen zu benehmen, hatte sie meist schon gewonnen. Sie versuchte Unterlegenheitsgefühle bei den Beamten vor Ort gar nicht erst aufkommen zu lassen, indem sie sich anfangs etwas hilflos anstellte. Später hatte sie dann gewöhnlich die Lage voll im Griff.

"Wenn andere dich unterschätzen, werden sie unvorsichtig und geben sich Blößen. Du bekommst dadurch die Gelegenheit, eine Situation in aller Ruhe realistisch zu beurteilen und dir deine Strategie zurechtzulegen. Später, wenn du zu voller Form aufläufst, kannst du sie immer noch mit deiner überlegenen Geistesschärfe überflügeln und gegebenenfalls routiniert zur Strecke bringen", bremste ihr Vater sie oft. Er war selbst Polizeibeamter gewesen und betätigte sich noch heute gern als ihr heimlicher Ratgeber.

Im Augenblick ging es ihm gesundheitlich nicht gut. Frau Eichhorn fürchtete, dass sein Herz zu schwach war, um ihn nach der abklingenden Infektionskrankheit wieder auf die Beine zu bringen. Glücklicherweise war Carina sehr verlässlich. Sie würde sich während ihrer Abwesenheit liebevoll um den Großvater kümmern, da konnte die Hauptkommissarin ganz beruhigt sein.

Trotzdem war sie es im Grunde ihres Herzens nicht. Sie hatte sehr früh ihre Mutter verloren und hing nun mit zärtlicher Liebe an ihrem alten Vater. Ihn innerlich loszulassen, war ihr bis jetzt nicht gelungen. Und sie ahnte, dass sein Tod ein brennendes Loch in ihr Herz reißen würde.

Um sich abzulenken, wendete sie ihre Gedanken erneut dem aufzuklärenden Mordfall zu. Ihr Verbindungsmann in Dornum war ein Kommissar Menke. Sie hatte am Vortag schon kurz mit ihm telefoniert. Er sprach mit leicht ostfriesischem Akzent und hörte sich nicht gerade teamwillig an. Aber davon ließ sie sich erst einmal nicht abschrecken. Außer ihm würde es bestimmt noch eine Reihe anderer freundlicher oder wenigstens dienstbeflissener Kollegen vor Ort geben.

Der Zug fuhr ratternd in den Norder Bahnhof ein. Von hieraus sollte es mit dem Bus weitergehen, da Dornum keinen eigenen Bundesbahn-Anschluss besaß.

Frau Eichhorn schleppte ihre vollgepackte Reisetasche zum Bahnschalter in der ungemütlichen kalten Halle, um sich nach der Weiterfahrt zu erkundigen. Der rotblonde Ostfriese hinter der Scheibe strahlte sie mit freundlichem Lächeln an. Wahrscheinlich war es ihm langweilig hier ganz im Norden fast auf verlorenem Posten. Im Winter gab es nur wenige Touristen, die seine Dienste in Anspruch nahmen. Er schien wirklich erfreut über die kleine Ablenkung, kratzte sich umständlich am Kopf und fletsche mehrfach seine bräunlichen schiefen Zähne, bevor er umständlich zur Sache kam.

"Moin, Moin! No Dornum wüllen Se? Is en mojes Fleckchen! De Bus fährt als in fiev Minuten, pünktlich Klock tein. Do achtern!"

Er deutete in die Richtung der Haltestelle. Lina Eichhorn bedankte sich höflich. Sie hatte verstanden, obwohl das Hochdeutsch des Mannes stark zum Platt hin verzerrt war.

"Beste Erholung denn ook!", rief ihr der Beamte noch hinterher, als sie die Halle verließ.

Die feuchte Kälte schlug ihr unangenehm entgegen. Eine kleine gemütliche Kaffeepause wäre jetzt das richtige gewesen, aber dazu war hier weder Zeit noch Gelegenheit.

Das Bahnhofsrestaurant wirkte als sei es seit Wochen geschlossen. Ein großer Kiosk auf der anderen Seite der breiten Straße, die sämtlichen Verkehr von und zur Nordseeküste aufnehmen musste, hatte zwar geöffnet, aber weil der Bus bereits dastand, stieg sie vorsichtshalber sofort ein. Sie konnte nicht riskieren, ihre Ankunft am Schauplatz des Verbrechens noch viel länger hinauszuzögern. Vielleicht machten die Kollegen in ihrem Übereifer sonst Fehler, die sie hinterher auszubügeln hatte. Schließlich gab es in so einem verschlafenen Ort nicht jeden Tag einen Mord aufzuklären. Da konnte manch kleiner Beamter zu blindem Ehrgeiz angestachelt werden.

Pünktlich setzte sich der Reisebus nach kurzer Zeit in Bewegung. Die wenigen Fahrgäste ließen sich an einer Hand abzählen. Gegenden wie diese rissen böse große Löcher in die Statistiken des öffentlichen Nahverkehrs. Die ständigen Einsparungen riefen den Menschen dies immer wieder schmerzlich ins Bewusstsein. Nicht nur, dass scheinbar unrentable Bahnhöfe geschlossen wurden, auch die Preise erhöhten sich regelmäßig und die Busverbindungen waren völlig unzureichend. Ohne eigenen PKW schien man hier aufgeschmissen zu sein.

Die Kriminalbeamtin hoffte, dass sie keine allzu lange Zeit in dieser frostigen Einöde verbringen müsse, während der Bus sie mit gefährlich überhöhter Geschwindigkeit durch die flache wenig abwechslungsreiche Landschaft ihrem Ziel näher brachte.

Es gab außer wenigen kleinen Siedlungen nur noch einzeln stehende typisch ostfriesische Landarbeiterhäuser und weit verstreute baumumstandene Gehöfte, nachdem sie die Kleinstadt Norden hinter sich ließen.

Die Nordsee wurde durch die dunkle schützende Deichlinie vom Land abgegrenzt und war deshalb unsichtbar.

Riesenhafte Windräder, die der Reisenden bereits vorher aufgefallen waren, majorisierten stellenweise das Landschaftsbild. Düster und massig ragten sie in großen Ansammlungen links und rechts der Straße aus dem Boden — einer futuristische Bedrohung nicht unähnlich.

Der Empfang

Endlich näherte sich die Reise ihrem Ende. Der Bus verließ in einer scharfen Rechtskurve die eintönige Strecke. Frau Eichhorn wurde unsanft gegen die Fensterscheibe gedrückt und erwachte dadurch aus ihrer Lethargie.

Ein typischer schmucker Ferienort bot sich ihren erfreuten Augen dar. Zwar ließ das Wetter noch sehr zu wünschen übrig, denn es hatte zu allem Überfluss angefangen zu regnen, aber dem angenehmen keineswegs aufdringlichen Flair des kleinen Ortes konnte das nicht viel anhaben. Der Bus zwängte sich durch zwei malerische enge Gässchen und hielt schließlich unweit des Dornumer Schlosses an.

Bevor sie ausstieg kramte Lina Eichhorn noch eiligst ihren Knirps aus der Tasche. Ihre nagelneue Dauerwelle sollte sich nicht unbedingt in eine unkämmbare Pudelkrause verwandeln, bevor sie den Kollegen zum ersten Mal begegnete. Sie schlug den Kragen ihres dunkelblauen Wollmantels hoch und öffnete den Schirm.

Der Wind blies so kalt, dass sie froh über ihre Lederhandschuhe war. In den kahlen Baumwipfeln des Schlossparks saßen Hunderte von schwarzen Krähen. Abwechselnd ließen sie ihr eindringlich anklagendes Krächzen vernehmen. Irgendwie erinnerten sie diese Rabenvögel an die hohen Herren der Justiz in ihren schwarzen Roben, die sich oft so überaus wichtig nahmen.

Die Hauptkommissarin machte sich eilig zur Polizeistation auf den Weg. Der Busfahrer hatte ihr dazu die nötigen Hinweise gegeben.

Sie kam sich ziemlich verlassen vor in der kleinen fremden Ansiedlung, wo man außer hinter einigen erleuchteten Fenstern kaum eine Menschenseele erblickte. Oldenburg war für nördliche Verhältnisse eine Großstadt. Es besaß sogar eine eigene Universität. Dornum versetzte den Betrachter in eine völlig andere Welt, obwohl nur eine gute Autostunde zwischen den beiden so unterschiedlichen Orten lag.

Eine unberechenbare Windböe, die zwischen zwei Häusern hervorbrach, ergriff den Schirm der Kriminalbeamtin, entriss ihn unsanft ihren Händen und schleuderte ihn kraftvoll über einen weiß gestrichenen Gartenzaun.

Die Frau schimpfte leise und machte sich schnell daran, die Reste von ihrem guten Stück einzusammeln. Das teure Ding war völlig verbogen und unbrauchbar. Sie zog den Kopf fröstelnd etwas tiefer zwischen ihre Schultern und steckte den unnütz gewordenen Schirm im Weitergehen wütend zwischen die Zaunlatten. Dann stapfte sie durch den Regen entschlossen ihrem Ziel zu.

Die Amtsstube befand sich in einem dieser typischen Klinkerhäuschen und wirkte schon von außen freundlich und gemütlich. An den erleuchteten Fenstern waren selbstgebastelte Weihnachtsdekorationen befestigt. Als sie die Tür öffnete, strömte ihr der Duft von frischem Kaffee entgegen und eine wohlige Wärme umfing sie. Alle Türen standen einladend offen. Sie vernahm fröhliche Radioklänge und hörte, dass sich mehrere Personen auf Plattdeutsch unterhielten.

In dem langgestreckten Flur hing eine Garderobe. Also entledigte sie sich, noch unbemerkt von den diensthabenden Beamten, ihres nassen Mantels und warf schnell einen Kontrollblick in den schmalen langen Spiegel. Die Frisur war natürlich hin. Kämmen würde alles in diesem Moment nur schlimmer machen. Also zupfte sie den wilden feuchten Lockenkopf nur ein wenig zurecht, zog ihre Lippen nach und tat einfach, als sei alles bestens mit ihrem Outfit. Selbstbewusstsein war eben das A und O!

"Guten Morgen, meine Herren, da bin ich!" Frau Eichhorn begrüßte die anwesenden Beamten mit strahlendem Lächeln. Die schauten verdutzt von ihren Kaffeetassen auf und starrten sie wortlos an als sei sie ein Gespenst.

Der älteste Kollege, er musste kurz vor der Pensionierung stehen, fand zuerst die Sprache wieder. Er reckte genüsslich seine kräftigen Arme aus dem aufgekrempelten gelben Hemd, rückte die gestreiften Hosenträger zurecht und schob gemächlich die vor ihm ausgebreitete Tageszeitung zur Seite.

"Moin, junge Fru. Un nu mol longsom un immer de Reihe no!" Er rückte Papier und Bleistift zurecht: "We is de werte Nome? Wullen Se en Onzeege mochen?"

"Ewer Hinni, dat is doch de Hauptkommissarin ut Oldenburg!"

Der Sprecher war ein ganz passabel aussehender dunkelblonder Mittdreißiger. An Lina gewandt fuhr er fort: "Guten Morgen, Frau Eichhorn. Wir haben Sie schon früher erwartet. Hier geht seit diesem Mord wirklich alles drüber und drunter."

Er bot ihr seinen Stuhl an und verschwand dann im Nebenzimmer um eine Tasse Kaffee zu besorgen. "Wie trinken Sie Ihren Kaffee, schwarz oder mit Milch und Zucker?", fragte er betont distanziert.

Die Hauptkommissarin sah ihn dankbar lächelnd an und antwortete: "Danke, ich nehme nur etwas Milch, wenn Sie haben. Ihr Kaffee ist wirklich das erste Angenehme, was mir heute widerfährt. Die Anreise mit Bahn und Bus war die reinste Himmelfahrt und dann dieses entsetzliche Wetter. Die Wolken berühren ja fast den Boden."

Sie seufzte tief und nahm einen Schluck von dem wirklich guten Filterkaffee. Über den Rand der Tasse hinweg betrachtete sie die anwesenden Kollegen mit gespielt unschuldigem Blick etwas genauer.

"Jo,jo, dat Wedder is al so, we dat Wedder even is!", philosophierte der alte Hinni gleichmütig und vertiefte sich augenblicklich wieder in seine Morgenlektüre.

"Ach, Sie sind nicht mit dem Wagen hier? Wir hätten Sie doch in Norden oder Emden abholen können. Warum haben Sie nicht angerufen?" Das schmale Gesicht des hageren hellblonden jungen Beamten war gänzlich mit Sommersprossen bedeckt. Er hatte sich aufgeregt von seinem Platz am Fenster erhoben und wirkte sehr dienstbeflissen.

"Die Frau Hauptkommissarin wird schon wissen, was sie tut, Hilko! Nun seid nicht so unhöflich, sondern stellt euch erst mal ordentlich vor. Ich bin Kommissar Rudolf Menke, wir hatten miteinander telefoniert, Frau Eichhorn." Der Mann im saloppen Pullover und billigen Jeans nickte ihr zur Begrüßung leicht zu, aber seine Augen blieben dabei kühl und abschätzend.

Eiskalter Typ — geht notfalls über Leichen, hakte die Hauptkommissarin innerlich ab. Und während sie ihm ihr unwiderstehlichstes Lächeln schenkte, bedauerte sie aufs Äußerste, dass er trotzdem so attraktiv auf sie wirkte.

"Ich bin Anwärter Hilko Groothuusen, Frau Hauptkommissarin. Immer zu Ihrer Verfügung!" Der Junge verbeugte sich fast bis auf den Schreibtisch und wurde puterrot vor Aufregung.

"Freut mich, Sie kennen zu lernen", strahlte Frau Eichhorn ihn an und reichte ihm ihre Hand.

Der alte Büttel sah nur kurz von der Zeitung auf und brummte: "Wochtmeester Hinni Oldewurtel. Bin de Deenstöldeste!" Das letzte Wort betonte er, als handele es sich hierbei um eine besondere Auszeichnung.

"So, so!", bemerkte die Hauptkommissarin scheinbar anerkennend aber ebenso wortkarg wie er.

Außer diesen drei Personen schien sie hier niemand zu erwarten. Und auch denen war sie offenbar nicht uneingeschränkt willkommen.

"Bleiben wir eine so kleine Gruppe?", wagte sie bescheiden anzufragen.

"Ja, leider müssen Sie mit uns Dreien vorlieb nehmen. Da wäre noch Wachtmeister Fokko Claassen - im Moment leider auf Jahresurlaub und Frau Nanninga, die Sekretärin. Die ist aber nur dreimal die Woche am Nachmittag da. Wachtmeister Oldewurtel steht Ihnen auch nur beschränkt zur Verfügung. Die anderen laufenden Fälle sollen ja ebenfalls erledigt werden! Sie wissen, vor Weihnachten haben Einbrecher und Trickdiebe Hochsaison. Dann noch die ganzen diffusen Zimmerbrände ..." Kommissar Menke stöhnte, als müsse er persönlich sämtliche vorweihnachtlichen Verbrechen Deutschlands aufklären.

"Sie bekommen aber selbstverständlich ein eigenes Arbeitszimmer. Wenn es Ihnen recht ist, können wir es außerdem als Kommandozentrale für die SoKo nutzen. Unsere weitere Vorgehensweise in diesem brutalen Mordfall muss unbedingt exakt koordiniert werden. Die Presse und die Vorgesetzten sitzen uns schon jetzt unangenehm im Nacken", führte er weiter aus, während sein junger Kollege fortwährend zustimmend nickte, wie ein Wackel-Dackel hinter der Heckscheibe eines Mittelklassewagens.

"Ich merke schon, Sie haben die Lage hier voll im Griff, Herr Menke. Dass unsere Truppe zahlenmäßig klein ist, wird uns bestimmt nicht davon abhalten, hervorragende Arbeit zu leisten — da bin ich ganz sicher!"

Teilweise musste sich die Hauptkommissarin damit selbst Mut zusprechen. Das Häuflein der zweieinhalb Aufrechten, die ihr zur Seite gestellt waren, wirkte auf sie doch allzu lächerlich.

"Würden Sie mir bitte meinen Schreibtisch zeigen, damit wir keine kostbare Zeit mehr verschwenden", bat sie den gutaussehenden Kommissar mit perfekt gespieltem Augenaufschlag. Er führte sie ohne Regung aber immerhin unverzüglich in ein geräumiges Zimmer auf der gegenüberliegenden Seite des Flurs. Das große Fenster gab den Blick auf einen kargen winterlich tristen Garten frei.

Es regnete noch immer in Strömen. Die anhaltende Dämmerung ließ nicht vermuten, dass es inzwischen kurz vor Mittag war. Aber Linas Magen knurrte böse, um sie daran zu erinnern, dass sie außer Kaffee noch nichts zu sich genommen hatte.

Schnell begutachtete sie den großen Schreibtisch, dessen Fächer alle leer und sauber waren. Ein kurzes Probesitzen auf dem recht bequemen Schreibtischstuhl, Sortieren des bereitliegenden Schreibwerkzeuges, Durchblättern der Akte, kurzes Checken des vorgefundenen Computers, und sie erhob sich zufrieden nickend.

"Ja, das ist soweit alles bestens! Doch jetzt brauche ich schon wieder Ihre Hilfe, meine Herren: Ich bin entsetzlich hungrig und benötige auch ein Quartier für die nächsten Nächte!" Sie sah Menke und Groothuusen, die etwas deplaciert im Zimmer herumstanden, hilflos lächeln an.

"Ich glaube, Sie werden alles finden was Sie suchen", meinte der Kommissar bewusst zweideutig und grinste überlegen. Dann wandte er sich im Befehlston an das arme Würstchen von Anwärter: "Groothuusen, bring die Frau Hauptkommissarin zum Muschelhaus. Sag, dass du von mir kommst."

Das Quartier

Das Muschelhaus war ein gemütliches Restaurant mit angeschlossenem Hotel. Im Gegensatz zu den roten Klinkerbauten, strahlte es weiß getüncht und mit zahlreichen Muschelverzierungen versehen.

Die Rahmen und Sprossen der kleinen Fenster waren taubenblau gestrichen. Und eben diese beiden Farben Weiß und Blau herrschten auch im Inneren vor. Glücklicherweise befand es sich nur wenige Meter von der Polizeistation entfernt.

Hilko Groothuusen trug höflich die schwere Reisetasche seiner Chefin und legte dabei mit seinen überlangen Beinen einen Schritt vor, dass diese große Mühe hatte ihm auf ihren hohen Absätzen zu folgen. Der Regen prasselte noch immer unbarmherzig und eiskalt herab. Lina Eichhorn war von Kopf bis zu den Füßen pudelnass, als sie schließlich im hell erleuchteten Foyer des kleinen Hotels standen.

Die Besitzerin, eine mollige Frau mittleren Alters, schien sie schon erwartet zu haben. Jedenfalls kam sie ihnen, bereits einen Zimmerschlüssel in der Hand haltend, freundlich entgegen.

"Moin, Moin, de Heerschaffen. Dat is jo als weer en Wedder! Nee, nee, zun Gotterbarmen, is dat!"

"Moin, Tant Tinni! De Inspekter schickt üns. Hesst een Komer för de Fru Kommissärin us Oldenburg?", legte der eifrige Beamtenanwärter gleich los, während er den Regen von seiner Mütze schüttelte.

"Is doch klor, Hilko. Se sull de best Komer han, de we beeten künn!" beruhigte ihn die Wirtin gutmütig lächelnd. An Frau Eichhorn gewandt fügte sie auf Hochdeutsch hinzu: "Herzlich willkommen! Sie bekommen selbstverständlich unser bestes Zimmer mit Blick auf das Schloss — jedenfalls, wenn das Wetter es zulässt!" Sie lachte fröhlich und nicht gerade leise. Dann reichte sie Lina den Schlüssel mit dem schweren Messingkegel auf dem die Nummer 13 stand, kramte unter dem Tresen eine Kladde hervor und bat: "Bitte, wenn Sie sich hier eintragen möchten — es ist so Vorschrift."

Lina Eichhorn war bis jetzt noch nicht zu Wort gekommen. Auch ihr freundliches "Guten Tag!" war im plattdeutschen Geplauder untergegangen. Aber das konnte ihr nur recht sein. Sie befand sich noch in der allerersten Orientierungsphase und das hieß für sie: dumm stellen, aber Augen und Ohren offen halten! Jetzt zog sie ihren Dienstausweis aus der Tasche, um sich ordnungsgemäß zu legitimieren und trug Namen und Adresse in das Gästebuch ein.

"Ich bin wirklich sehr froh, dass Sie ein Zimmer für mich frei haben. Noch länger durch den Eisregen zu laufen, hätte ich wahrscheinlich nicht ausgehalten. Meine Schuhe sind schon völlig ruiniert — von der Frisur ganz zu schweigen!"

"Ach, Eichhorn heißen Sie!", stellte die Zimmerwirtin schmunzelnd fest. "Das ist aber ein hübsch lustiger Name. Ich bin übrigens Frau Diekers. Mir gehört das schmucke Muschelhaus. Wir bieten auch einen ausgezeichneten gutbürgerlichen Mittagstisch — falls Sie vielleicht Hunger haben?"

"De Fru Kommissärin het en Bärnshmacht, het Se sägt!", mischte sich der junge Kollege wieder ins Gespräch.

"Jo, jo, Hilko! Dat sull me wohl rech sün!", lachte Frau Diekers und führte die Hauptkommissarin auf ihr Zimmer. Groothuusen trottete mit der nassen Reisetasche brav hinter den beiden her.

Das Zimmer ließ wirklich keine Wünsche offen. Groß und gemütlich eingerichtet mit eigenem supermodernen Bad, Kabelfernsehn, Stereoanlage und Telefon schien es nur auf die total durchnässte Hauptkommissarin gewartet zu haben.

Sie bedankte sich, nahm dem linkisch dastehenden Groothuusen ihre Tasche aus der Hand und entließ die beiden so unterschiedlichen Ostfriesen nach unten. In einer halben Stunde wollte sie zum Essen erscheinen. Bis dahin hatte sie noch etwas Zeit, sich frisch zu machen, das lädierte Outfit zu reparieren und ihre Sachen in den geräumigen Kleiderschrank zu packen.

Die blauweiße verspielt wirkende Einrichtung machte ihr irgendwie gute Laune. Im Bad funktionierte alles einwandfrei. Keine tropfenden Wasserhähne, keine verstopften Abflüsse, keine Haare vom Vormieter auf dem Fußboden sogar frische Handtücher in den Hausfarben lagen da — das war nicht in allen Unterkünften selbstverständlich.

Sie schien es gut getroffen zu haben.

Nach dreißig Minuten erschien Hauptkommissarin Eichhorn pünktlich in der Tür zum Restaurant. Sie trug jetzt ein rotes sehr eng geschnittenes Wollkleid, das bis zu den Waden reichte dazu trockene hochhackige schwarze Pumps. In einer kleinen schwarzen Ledertasche führte sie alle wichtigen Utensilien, ohne die eine Dame sich nicht wirklich sicher fühlt, bei sich — auch ihre Dienstwaffe. Es war eine kleine sehr präzise Spezialanfertigung, die sie teilweise den guten Verbindungen ihres Vaters verdankte. Die sperrigen Polizeiknarren ließen sich am Körper einer schlanken Frau nur unzureichend verstecken und waren auch zu schwer und auffällig für normale Handtaschen.

Ihr geschmeidiger Gang war der eines Models. Sie zog wie ein überdimensionaler Magnet die Augen aller Anwesenden auf sich. Zwar hatte sie die Frisur nicht völlig zähmen können, aber die wuschelige Löwenmähne passte gar nicht so schlecht zu ihr. Sie brachte etwas Wildverwegenes zum Ausdruck, das sonst eigentlich mehr in ihrem Inneren schlummerte.

Nur einige Gäste hatten sich heute dazu entschlossen, ihren Mittagstisch im Muschelhaus einzunehmen. Zwei davon waren ihre neuen Kollegen Menke und Groothuusen.

Sie glotzten ebenso gebannt in die Richtung der Hauptkommissarin, wie alle anderen. Der Anwärter blickte ziemlich dümmlich und mit schlaff herunterhängendem Unterkiefer drein. Der Kommissar starrte ihr mit einem spöttischen Grinsen, das ihn brutal aussehen ließ, direkt in die Augen.

Ein leichter Brocken war das nicht, spürte sie in diesem Moment mit weiblicher Intuition.

Es folgte der sattsam trainierte Augenaufschlag. Groothuusen erwachte aus seiner Erstarrung und rückte ihr brav den Stuhl zurecht. Sie bestellten, sie aßen, sie hielten Smalltalk - alles kühl und distanziert beinahe abtastend. Es war als stünden Menke und Eichhorn sich kurz vor dem Gongschlag im Ring gegenüber, mit provozierenden Lockerungsübungen beschäftigt, die den Gegner gleichzeitig verunsichern sollten.

Groothuusen hielt sich raus. Er konnte den beiden erfahrenen Kriminalbeamten nicht das Wasser reichen. Irgendwie spürte er diese angespannte Situation, wie vor einem mächtigen Schlagabtausch zwischen Profis. Aber er war nicht der Mensch, derartige atmosphärische Schwingungen aufzunehmen oder gar zu kanalisieren. Also widmete er sich lieber ausschließlich seinem Schweinebraten mit Rotkraut, was ihm umso leichter fiel, da er bei Tante Tinni immer ausgezeichnet schmeckte.

"Wenn es Ihnen recht ist, Frau Eichhorn, können wir gleich nach dem Essen den Tatort besichtigen. Die Arztpraxis ist nicht weit von hier", beendete der Kommissar das gegenseitige Geplänkel.

"Okay, ich bin gleich soweit. Muss ich mich noch umziehen oder haben Sie einen Wagen da? Auf ein weiteres Paar nasser Schuhe kann ich nämlich gut verzichten!", antwortete die Hauptkommissarin keck.

"Es ist nur eine Querstraße weiter. Aber wenn Sie meinen, dass Ihnen der kleine Spaziergang nicht bekommt, können wir ausnahmsweise den Wagen nehmen. Hilko, schieb eben los, die Karre holen!"

Man merkte Menke an, dass ihm die typisch weiblichen Allüren seiner vorübergehenden Chefin auf die Nerven gingen. Er sprach jetzt in unhöflich rauem Tonfall und von oben herab mit ihr. Sie hörte gespielt charmant darüber hinweg und zog sich wie gedankenverloren die Lippen nach. Die Farbe harmonierte wundervoll mit ihrem Kleid.

Der Kommissar platzte beinahe vor Wut. Da hatte man ihm ein total verwöhntes Modepüppchen vor die Nase gesetzt und erwartete, dass er mit dieser Tussi und den beiden Volltrotteln vom örtlichen Revier innerhalb kürzester Zeit einen Mordfall aufklärte.

Er hätte sich am liebsten die Haare gerauft und wäre hinaus in den Regen gerannt. Nur weit, weit weg von dieser Frau! Aber sein kühler Kopf behielt wie gewöhnlich die Oberhand über seine Gefühle. Irgendwie hatte die ganze Sache bei näherer Betrachtung auch eine gute Seite: Diese Frau konnte ihm bei seinen Karrierebestrebungen nicht in die Quere kommen. Wahrscheinlich würde sie mehr Zeit beim Frisör und der Kosmetikerin verbringen, als über den Akten.

Das war seine große Chance, den Fall mit Bravour allein zu lösen! Immerhin war er schon auf dem besten Wege. Denn die Fahndung nach Dr. Papadopoulos, dem flüchtigen Ehemann des Opfers, hatte er selbst veranlasst.

Der Tatort

Als Groothuusen kurze Zeit später zurückkam, fuhren sie sofort los. Keinem von beiden war länger nach verbalem Schlagabtausch zumute. Jetzt mussten den Reden Taten folgen, denn jede Minute Verzögerung vergrößerte den Vorsprung des Mörders oder gab ihm Gelegenheit, seine Spuren zu verwischen und kostete natürlich auch reichlich Steuergelder.

Dr. Papadopoulos Arztpraxis für Allgemeinmedizin und Badearzt stand auf einem goldfarbenen Schild neben der Eingangstür. Das Haus war ein stilgemäß an das Ortsbild angepasster Neubau mit einem runden Erker im Eingangsbereich, der durch viele kleine gewölbte Glasscheiben eine leicht offene und dennoch anheimelnde Ausstrahlung erhielt.

Menke steckte den Schlüssel ins Schloss und trat ein. Er ließ der Hauptkommissarin mit Absicht nicht den Vortritt. Dass sie von ihm anders behandelt würde, als jeder andere Kollege, nur weil sie eine verführerische Frau war, sollte sie sich gleich abschminken.

Hauptkommissarin Eichhorn nahm den Tatort äußerst konzentriert in Augenschein, obgleich sie eher den Eindruck erweckte, als suche sie einen Spiegel um ihr Make-up zu kontrollieren.

Die Praxis war ziemlich übersichtlich.

Das Wartezimmer wirkte sauber aufgeräumt und geputzt; die Toilette ebenso unauffällig; der Anmelderaum mit Tresen, Computer und Patientenkartei erinnerte an einen Ordnungsfanatiker; das Labor war weiß gefliest und steril wie ein Operationssaal; das Behandlungszimmer roch nach dem Blut, das auf dem Fußboden festgetrocknet war.

An den schwarzen Flecken auf sämtlichen Möbelstücken sah sie, dass die Kollegen bei einer ersten Spurensicherung eifrig Fingerabdrücke gesucht hatten.

Die Hauptkommissarin kannte übel riechende Tatorte, deshalb schritt sie einigermaßen gefasst über die mit Kreide auf den Boden gezeichneten Umrisse der Frauenleiche hinweg.

Die Fußbodenheizung hatte die Feuchtigkeit der Blutspuren restlos beseitigt. Es waren nur noch dunkle Flecken auf den hellen Fliesen auszumachen. Besonders die breiten Fugen hatten die stark gefärbte Körperflüssigkeit gierig in sich aufgesogen. Es würde nicht so leicht sein, die Rückstände dieses brutalen Verbrechens restlos aus dem Raum zu beseitigen.

Der Schreibtisch war aus schwerer Eiche und wirkte überaus repräsentativ, aber genauso aufgeräumt wie unverdächtig auf Lina. Es lagen nur ganz gewöhnliche Gegenstände darauf herum, die von Ärzten bei der Ausübung ihres Berufes gebraucht wurden. Kein Messer, kein Dolch, kein Brieföffner — nichts, was als Mordinstrument in Frage kam. Höchstens vielleicht die Spritzen — aber Frau Maria Papadopoulus war schließlich erstochen worden!

"Wie war das noch gleich mit der Tatwaffe?", fragte sie zuckersüß und beinahe wie belanglos.

"Die Tatwaffe wurde leider bislang nicht gefunden, Frau Hauptkommissarin", drängte sich Groothuusen sofort auskunftsfreudig an ihre Seite. "Wir selbst haben allerdings noch keine genaue Untersuchung des Tatortes vorgenommen. Die Laborergebnisse und natürlich Ihre

Anweisungen sollten unserer Meinung nach erst abgewartet werden. Ich persönlich glaube, dass der Täter — wahrscheinlich der flüchtige Ehemann — das Messer schnellstens beseitigt hat."

"Na, na, Groothuusen, nicht so vorschnell! Wer weiß denn bis jetzt überhaupt, welche Art Waffe der Kerl benutzt hat?", wies der Kommissar ihn zurecht.

"Sie sind sicher, dass die Tat von einem Mann ausgeführt wurde?", fragte Lina Eichhorn harmlos.

"Hätten Sie die Leiche gesehen, würden Sie diese Frage nicht stellen! Die Stiche müssen mit einer derartigen Kraft ausgeführt worden sein, dass wohl keine Frau dazu fähig wäre", belehrte Menke sie sofort. Lina erinnerte sich an das Foto mit dem zerrissenen Nachthemd.

"Die Tote war sehr zart und klein, und der Quacksalber ist ein grobschlächtiger Bursche", mischte Groothuusen weiter mit beim Rätselraten.

"Ja, ich habe das Hochzeitsfoto auf dem Schreibtisch gesehen. Ein traumhaftes Kleid trug die Frau. Und ist ihnen aufgefallen, dass sie eine starke Ähnlichkeit mit Marilyn Monroe hatte?

Natürlich als diese noch dunkelhaarig war!", gab Lina zum Besten, wobei ihr beinahe ein verräterisches Lächeln über das Gesicht gehuscht wäre. Brautkleider fand sie nämlich so interessant wie alte Brötchen!

Sie hätte niemals in einem solch unbequemen Gewirke aus Seide und Tüll geheiratet, und das nicht nur, weil sie es für eine reine Geldverschwendung hielt. Heiraten fand sie zudem, um es mit dem Vokabular ihrer Tochter Carina auszudrücken, "total out".

Die Zeiten hatten sich sehr geändert, und ihrer Meinung nach schrien sie bereits mit geblähten Lungen den Wunsch nach alternativen Formen des Zusammenlebens in alle Welt hinaus. Doch niemand schien darauf zu hören.

Sie selbst glaubte manchmal, einen guten Kompromiss zwischen wünschenswertem und möglichem Privatleben gefunden zu haben. Aber, wer ist schon wunschlos glücklich? Trotzdem — heiraten? Nein, da würde sie eher Polizeipräsidentin, obwohl dieser Posten beinahe mit noch größeren Unbequemlichkeiten verbunden schien, als das kostbare schwere Brautkleid der Ermordeten.

Menke hüstelte kunstvoll.

"Eigentlich dachten wir, dass Sie mit uns die weitere Vorgehensweise besprechen wollten", schulmeisterte er. "Das Ergebnis der Spurensicherung wird wahrscheinlich nicht viel bringen. Was nützen uns die Fingerabdrücke von lauter unbeteiligten Personen. Und der Quacksalber hat ohnehin alles angefasst, was hier herumliegt."

"Oben in der Wohnung haben wir auch nichts Verdächtiges gefunden. Ist alles ordentlich aufgeräumt. Wollen Sie es sehen, Frau Eichhorn?", mischte sich Groothuusen altklug ein.

"Ja, selbstverständlich! Wo geht's lang?", schwenkte die Hauptkommissarin schnell auf den Vorschlag des jungen Kollegen ein und folgte ihm augenblicklich die schmale Treppe hinauf. Der Kommissar fühlte sich übergangen. Er blieb ärgerlich in der Praxis zurück und zündete sich wütend eine Zigarette an.

"Ach, repräsentativ ist diese Wohnung aber nicht gerade!", stellte Lina Eichhorn fest, nachdem sie die drei kleinen Räume in Augenschein genommen hatte. "Was meinen Sie, Herr Groothuusen, stellt man sich so die Behausung eines Arztes vor? Das sieht doch eher aus wie eine mittelmäßige Absteige."

"Ja, ganz Ihrer Meinung, Frau Hauptkommissarin. Aber der Papadopoulos war ja auch eigentlich nicht so'n richtiger Doktor — mehr so'n Quacksalber, wissen Sie", antwortete der junge Mann und wurde wieder rot wie eine überreife Tomate.

"Aha! Und was versteht man denn darunter? Immerhin hatte er doch einen Doktortitel." Sie sah ihn unschuldig zweifelnd an.

"Ja, das ist wohl so! Aber wer weiß schon, wo er sich den erschlichen hat? Er war ja Grieche oder so, und seine Praxis ist nicht besonders toll gelaufen. Die Leute hier haben mehr Vertrauen zu Ärzten, die auch Plattdeutsch verstehen. Nur von den Badegästen konnte der aber wohl nicht gut leben", erklärte Hilko Groothuusen eifrig.

"Dann pfiff er also finanziell aus dem letzten Loch? - Ach, sehen Sie, auf dieser schmuddeligen Tapete ist neben dem Sofa eine helle Stelle! Was mag da gehangen haben?", bemerkte die Hauptkommissarin nebenbei.

"Vielleicht hat er ein Bild verkauft, weil er Geld brauchte?", vermutete der Anwärter und näherte sich interessiert der Wand.

Frau Eichhorn betrachtete die Form des Umrisses genauer. Für ein Bild erschien ihr das Format ungewöhnlich lang und schmal. Auch die dicke eingedübelte Schraube ließ einen schwereren Gegenstand vermuten.

Da sie nicht wusste, ob ihre Beobachtung für den Fall überhaupt relevant war, sah sie sich erst einmal weiter im Raum um. Die Polstermöbel waren durchgesessen und abgenutzt. Über dem Sofa strotzte ein dicker Fettfleck an der Wand. Genau gegenüber stand ein alter Fernseher. Auf dem Couchtisch lag aufgeschlagen eine Gourmet-Zeitschrift daneben eine Streichholzschachtel.

"Oh, sehen Sie nur, was der Doktor abonniert hat. Der ist ein wirklicher Feinschmecker", flötete sie erstaunt.

"So?", kam Groothuusen zweifelnd näher. "Das konnte der sich doch bestimmt nicht leisten." Er ergriff die Streichholzschachtel und schüttelte sie.

"Schauen Sie mal!", rief er lachend und hielt Lina die geöffnete Schachtel, in der sich drei tote Fliegen befanden, unter die Nase.

"Oh, der Doktor frönte aber einer seltsamen Sammelleidenschaft!", witzelte die Hauptkommissarin.

In der Schublade eines wurmstichigen Sekretärs in der Ecke des Raumes fand Frau Eichhorn einige Rechnungen und obenauf einen sechs Tage alten Brief von einem Leasing-Unternehmen. Die gesamte Praxiseinrichtung sollte abgeholt werden, wenn der rückständige Mietbetrag nicht innerhalb Wochenfrist bezahlt würde.

"Hier, sehen Sie mal, Herr Groothuusen. Es stand schlimmer um den armen Doktor, als wir angenommen haben." Sie winkte mit dem Brief und zeigte ihn dem jungen Mann. "Wir nehmen diese Papiere aus dem Sekretär besser mit ins Büro. Und was halten Sie davon, lieber Kollege, wenn wir auch die Patientenkartei einpacken?"

Groothuusen wuchs zusehends bei der Anrede "lieber Kollege". Er fühlte sich meistens als armes Würstchen. Nun behandelte ihn diese erfahrene Hauptkommissarin wie einen Ebenbürtigen, das war Öl auf das unscheinbare Lämpchen seines Selbstbewusstseins!

"Sie können mich ruhig Hilko nennen, Frau Hauptkommissarin, so sagen hier alle zu mir", stammelte er dankbar.

Sie sah unwiderstehlich strahlend an ihm hoch: "Ja, gern! Hilko, dann müssen Sie mich aber auch Lina nennen. Wir werden doch bestimmt eine Weile sehr intensiv zusammenarbeiten, da stören überflüssige Höflichkeitsfloskeln nur."

Den Anwärter hatte sie schon in der Tasche!

"Was ist nun, sind Sie oben fertig oder gibt es etwas Interessantes?", rief Kommissar Menke ungeduldig von unten.

"Wir kommen sofort, Herr Kommissar", antwortete Hilko Groothuusen übereifrig, als fühle er sich ertappt und eilte schnell die Stufen hinunter. Die Hauptkommissarin folgte ihm gemächlich, während sie sich die bunten Kalenderdrucke ansah, die die Wand entlang der Treppe schmückten.

Alle zeigten ausnahmslos Ansichten von Griechenland. Die antiken Stätten strahlten im gleißenden Sonnenlicht. Schöne braungebrannte Körper aalten sich am feinen Sandstrand. Üppig blühende Vegetation des Frühlings hing neben einem steinigen Weg, den sich ein beladener Esel entlang kämpfte. Malerische Gassen vermittelten Ferienstimmung.

Der Doktor schien seine geliebte Heimat zu vermissen!

"Lina meint, wir könnten die Patientenkartei mit ins Büro nehmen, Herr Kommissar", tat sich Groothuusen wichtig.

Menke zog die rechte Augenbraue hoch, was seinem Gesicht etwas Diabolisches verlieh: "Lina?"

"Ich meine natürlich Frau Hauptkommissarin Eichhorn. Soll ich die Kartei nun einpacken?" Der junge Mann freute sich sichtlich über die Reaktion seines strengen Vorgesetzten und schaute ihn ein wenig triumphierend an.

"Ich weiß zwar nicht, was sie damit will, aber tu ihr den Gefallen!", brummte Menke missmutig.

Lina Eichhorn hatte den Wortwechsel von der Treppe aus schmunzelnd mit angehört. Dann betrat sie völlig unbedarft die Praxis und stellte zufrieden fest, dass Groothuusen ihrer Anweisung tatsächlich Folge leistete.

"Wir können dann wieder los, wenn es Ihnen recht ist, meine Herren", sagte sie munter.

Im Vorbeigehen warf sie einen unbeobachteten Blick auf den verglasten Arzneischrank.

Der Schlüssel steckte. Trotzdem befanden sich haufenweise Medikamente darin, die wegen ihrer Gefährlichkeit besser unter Verschluss gehalten wurden. Scheinbar war der Doktor etwas nachlässig mit den Vorschriften.

Beim Verlassen der Praxis achtete die Hauptkommissarin darauf, dass die Haustür gut verschlossen wurde.

Teamwork

Während der kurzen Fahrt zum Polizeirevier zurück sprachen sie kein Wort.

Groothuusen lenkte stolz den Wagen. Menke saß beleidigt daneben. Lina hatte es sich auf der Rückbank bequem gemacht und kontrollierte erneut ihr Make-up.

Obwohl sie immer Wert auf ein gepflegtes Äußeres legte, ging sie sich schon selbst auf die Nerven. Hoffentlich würde es ihr gelingen, den Kommissar kleinzukriegen, bevor sie mit ihrer Geduld gänzlich am Ende war.

Sie huschte schnell zwischen den Regentropfen ins Haus und begab sich an ihren neuen Arbeitsplatz. Groothuusen brachte ihr die Patientenkartei und setzte sich neugierig auf die Ecke des Schreibtisches.

"Hilko, besorgen Sie sich bitte einen Stuhl. Ich möchte, dass Sie mir alle einheimischen Patienten aus dieser Kartei heraussuchen. Schaffen Sie das heute noch?" Die Hauptkommissarin sprach milde und freundlich mit ihm, fast so als bitte sie um eine Gefälligkeit.

Hilko Groothuusen sprang auf, als habe er eine Hüpfspirale im Hintern und begab sich unverzüglich an die Arbeit: "Selbstverständlich! Wird sofort erledigt! Soll ich die Namen aufschreiben oder brauchen Sie das jeweilige Krankenblatt?"

"Beides, wenn das möglich ist. Machen Sie eine Namensliste mit den Adressen und fügen Sie die Karteikarten bei. Die behandelten Urlauber interessieren uns momentan noch nicht", erklärte die Hauptkommissarin leutselig. Dann vertiefte sie sich intensiv in die Papiere aus dem Sekretär des Arztes.

Zwischen den verschiedensten Rechnungen und Mahnungen fand sie auch einige Kontoauszüge, die die hoffnungslose finanzielle Lage des Mediziners ungeschminkt widerspiegelten. Seit dem vergangenen Sommer hatte er nur eine größere Haben-Buchung erhalten. Es handelte sich um eine Auslandsüberweisung in Höhe von zweitausend Mark aus Athen von Frau Elena Papadopoulos - wahrscheinlich eine Verwandte, die ihm aus der Klemme helfen wollte.

Frau Eichhorn stellte anhand der Papiere fest, dass dem Doktor so gut wie nichts gehörte. Die

Praxis war auf zehn Jahre gemietet. Die Wohnung einschließlich Möbeln ebenfalls. Die gesamte Inneneinrichtung der Praxis war geleast und sollte, wegen der überfälligen Raten, Ende der Woche abgeholt werden. Auch die Miete war Papadopoulos schon seit zwei Monaten schuldig geblieben.

Aber die Kriminalistin konnte hierin beim besten Willen keinen Zusammenhang mit dem Mord an seiner Ehefrau erkennen. Wenn er sich selbst etwas angetan hätte, wäre die Sache schlüssiger erschienen.

Ein Tatmotiv ergab sich für sie daraus jedenfalls nicht. Vielleicht sollte sie nochmals an den Tatort zurückkehren, um mehr über die schöne tote Maria herauszufinden. Der Kleiderschrank einer Frau konnte Bände sprechen, vorausgesetzt jemand verstand es darin zu lesen!

"Was wird denn hier ausgebrütet?" Menke betrat den Raum und sah die beiden intensiv arbeitenden Kollegen spöttisch an. Er legte ein Fax auf Linas Schreibtisch. "Das ist eben vom Labor gekommen. Ein erster Untersuchungsbericht — immerhin nicht uninteressant!"

Hauptkommissarin Eichhorn überflog den Text diagonal: Keine Spuren unter den Fingernägeln;

Sperma-Reste in Darm und Scheide; Mageninhalt minimal; drei tiefe Einstiche in den Oberkörper, sechs in den Unterleib wahrscheinlich ausgeführt mit einer spitzen großen Schere. Die Einstich-Winkel deuten auf eine Person hin, die das Opfer an Körpergröße überragte.

Die wenigen verwertbaren Fingerabdrücke stammten mit großer Wahrscheinlichkeit alle vom Mordopfer und dem flüchtigen Ehemann. Die Fingerspuren des Arztes waren durch einen Vergleich mit denen auf seinem Rasierapparat identifiziert worden.

Groothuusen beugte sich über Linas Schulter und las langsam und laut vor bis ihn der Kommissar anstieß und ihm einen strafenden Blick zuwarf.

"Ich schlage vor, wir suchen mit diesen Laborergebnissen im Hinterkopf den Tatort nochmals nach der Waffe ab!", wandte Menke sich dann an seine Chefin.

„... und nach den Spuren der Vergewaltigung!", fügte Groothuusen vorlaut hinzu.

"Keine schlechte Idee — aber vielleicht hat sie vor dem Mord einfach nur Geschlechtsverkehr gehabt? Immerhin trug sie ein Nachthemd und war ordentlich verheiratet, wenn ich mich recht erinnnere", warf Frau Eichhorn nachdenklich ein.

"Na, was Sie unter 'einfach nur Geschlechtsverkehr' verstehen scheint doch den Fundorten des Spermas nach zu urteilen mindestens eine etwas ausgefallenere Nummer gewesen zu sein", merkte der Kommissar zynisch grinsend an. Groothuusen wurde sofort knallrot wie eine Markierungsboje.

Hauptkommissarin Eichhorn registrierte, dass sie in der Person des Kommissars einen dieser nervigen Kollegen vor sich hatte, die ständig versuchten, sie mit Bemerkungen unterhalb der Gürtellinie zu verunsichern oder gar in Verlegenheit zu bringen.

Aus taktischen Gründen wollte sie jedoch nicht mit einem ihrer flotten Sprüche parieren. Deshalb überhörte sie die Anspielung und wandte sich stattdessen an den verstörten Groothuusen: "Haben Sie die Liste schon fertig, Hilko? Dann könnten wir den Schlachtplan für morgen austüfteln."

"Ich bin schon fast durch. Dauert nur noch ein paar Minuten", antwortete der schnell und machte sich auch schon wieder über die nicht besonders umfangreiche Kartei her.

Die Karteikarten für Urlauber und für Einheimische hatten verschiedene Farben, deshalb ging ihm die Arbeit zügig von der Hand. Menke sah ihm interessiert über die Schulter. Dann nahm er die aussortierten blauen Karten in die Hand.

"Der hatte gerade mal eine Hand voll regelmäßiger Patienten aus dem Dornumer Umfeld. Die meisten Einheimischen haben ihn nämlich nur einmal aus Neugierde konsultiert." Er breitete die bewussten Karten vor Lina aus.

"Wenn das so ist, haben wir die Befragungen morgen schnell erledigt. Es sind sechs Personen, soweit ich sehe. Ich nehme die beiden Frauen und sie teilen die vier Männer unter sich auf, einverstanden?"

Die Kollegen nickten stumm.

Lina nahm die Krankenblätter der Patientinnen, die sie befragen wollte, an sich. Vor dem Zubettgehen würde sie sich diese noch genauestens zu Gemüte führen.

"Wann treffen wir uns morgen am Tatort, um nach weiteren Spuren zu suchen?", fragte sie, als ginge es darum einen ganz gewöhnlichen Termin zu vereinbaren.

"Ist Ihnen acht Uhr zu früh?", wollte der gutaussehende Zyniker wissen.

"Na, ja — wenn ich zeitig ins Bett komme, mag's gehen! Dann machen wir mal Schluss für heute. Tschüs bis morgen früh!"

Sie raffte ihre Sachen zusammen und machte sich auf ins Hotel. Glücklicherweise hatte der Regen nachgelassen. Aber die frostigen Temperaturen ließen das feucht glänzende Pflaster bereits gefrieren und verhießen für den nächsten Tag nichts Gutes.

Familienprobleme

Lina ließ sich von Frau Diekers eine Flasche Mineralwasser geben und verschwand sofort auf ihrem Zimmer. Endlich raus aus den engen Pumps, unter die Dusche springen, in den flauschigen Bademantel wickeln und die Füße hochlegen! Dann griff sie nach dem Telefon und wählte ihre eigene Nummer in Oldenburg. Sie musste mehrmals durchklingeln lassen, bevor sich am anderen Ende eine ihr bekannte Männerstimme meldete.

"Hallo? Ach, Nobbi, du bist es! Sag, ist Carina noch nicht zu Hause?" Ihre Stimme klang besorgt.

"He, Eichhörnchen! Nee, die is noch bei Big Boss. Se hat vorhin kurz anjeklingelt. Es jeht ihm nicht besonders, deshalb will se dort pennen. Vielleicht sollten wir den alten Herrn lieber für'n paar Tage zu uns holen, dann könnte ike auch ab und zu nach ihm sehen. Nebenbei hat Carina ja noch jede Menge für die Penne zu pauken. Was meinst du dazu?"

"Geht es Big Boss wirklich so schlecht? Vielleicht ist das dann die beste Lösung. Aber er muss einverstanden sein, sonst kann er schrecklich stur und ungenießbar werden. Ich rufe am besten gleich bei ihm an. Und übrigens — vielen Dank für deine Hilfe! Du bist wirklich das Beste, was mir in letzter Zeit begegnet ist. Ich lade dich dafür zu einem köstlichen Mahl ein, fest versprochen! Du kannst mich daran erinnern, sobald ich mit dem Fall hier durch bin."

"Oh, danke! Dat is Musik in mene dreckijen Abstehohren. Dann viel Erfolg mit deinem Fall, Eichhörnchen. Und träume schön von starken Burschen!" Der junge Mann lachte schwülstig.

"Ja, sicher, du auch, Nobbi. Tschüs dann!" Lina hatte im Moment keine Geduld auf die altbekannten Witze ihres schwulen Untermieters näher einzugehen. Zu sehr beunruhigte sie der labile Gesundheitszustand ihres Vaters. Sie legte also nur kurz den Telefonhörer auf, um das Gespräch zu beenden und wählte dann erneut.

"Eichhorn", meldete sich endlich ihre Tochter.

"Hallo, Hörnchen hier ist Lina. Wie steht's mit Big Boss?", fragte sie besorgt.

"Er schläft gerade. Aber einfach ist das nicht. Je länger es ihm schlecht geht, umso stärker kommt sein verdammter Dickschädel zum Vorschein. Ich musste schon richtig böse werden, weil er die Hühnerbrühe nicht essen wollte. Nobbi meint, wir sollten ihn besser ein paar Tage zu uns nach Hause holen. Was hältst du davon? Für mich wäre es eine Erleichterung, weil ich dann nicht nach der Schule immer hier heraus fahren müsste."

Die Tochter klang ziemlich müde und genervt.

"Ich habe vorhin schon mit Nobbi gesprochen. Wenn Big Boss einverstanden ist, halte ich das für die beste Lösung. Bereite ihn aber diplomatisch auf den Ortswechsel vor. Du kannst ihn doch sonst auch immer vorzüglich um den Finger wickeln!"

Frau Eichhorn versuchte ihr Hörnchen, Carina, aufzumuntern, obwohl sie sich selbst große Sorgen machte.

"Ja, sicher, Lina. Ich schaffe das schon irgendwie. Wie geht es mit deinem Fall voran?"

Sie interessierte sich eigentlich nie für die Fälle ihrer Mutter. Ihre Begabungen lagen mehr auf musischem Gebiet. Und darüber waren Großvater und Mutter auch sehr froh. Zwei Generationen von Verbrecherjägern schienen wirklich genug, nun sollten die schönen Künste in den Genuss einer echten Eichhorn kommen. Schließlich wurden die Zeiten immer härter.

Der gutmütige ‚Ede', der mit dem Schutzmann an der Ecke auf Du und Du stand, gehörte längst in die Abteilung Ammenmärchen. Heutzutage hatten es die Kriminalbeamten mit Drogendealern und hervorragend organisierten Verbrecherbanden zu tun, die sich der neuesten Technologien einschließlich Waffen oft besser zu bedienen verstanden als die Polizei. Für diese grausame Welt der modernen Kriminalität war ihnen das geliebte Kind viel zu schade!

Carina stellte ihre Frage auch nur, um zu erfahren, wann die Mutter voraussichtlich zu Hause zu erwarten war.

"Ich weiß wirklich noch nicht, wie lange das hier dauert", antwortete Frau Eichhorn instinktiv. "Aber glaube mir, so schön ist es nicht, dass ich den Aufenthalt auch nur eine Sekunde hinauszögern werde. Schreibe dir bitte meine Telefonnummer für Notfälle auf. Wahrscheinlich bin ich aber nur nachts zu erreichen. Ansonsten kannst du ja eine Nachricht bei meiner Wirtin, der Frau Diekers, hinterlassen."

Sie diktierte ihrer Tochter die Nummer und verabschiedete sich dann liebevoll von ihr.

Beruhigt war sie nach den Telefonaten nicht gerade. Ob ihr langjähriger Freund und Wohnungsgenosse Nobbi und Carina das mit ihrem Vater schaffen würden, wusste sie nicht. Es hing stark davon ab, ob der alte Herr bereit war, alles zu tun um gesund zu werden. Manchmal hatte er einen so entsetzlichen Dickschädel, dass alle Argumente an ihm abprallten. Gern hätte sie selbst mit ihm geredet, aber der Schlaf war jetzt wichtiger für seine Genesung.

Lina legte sich auch ins Bett und schaltete noch für ein Weilchen den Fernseher ein. Während sie mit einem Ohr einer laufenden Talkshow folgte, schaute sie sich die beiden Karteikarten von Dr. Papadopoulos' Patientinnen an.

Es handelte sich um eine fünfundfünfzigjährige Lehrerin mit starken Allergien und um eine zweiundsechzigjährige Fischverkäuferin, die unter Gelenkrheumatismus litt. Die Frauen hatten sich in regelmäßigen Abständen von Dr. Papadopoulos untersuchen und medikamentieren lassen. Den Krankenblättern zufolge war in beiden Fällen eine merkliche Verbesserung des Gesundheitszustandes eingetreten. So schlecht konnte der Arzt dann doch eigentlich nicht sein!

Frau Eichhorn wollte sich darum bemühen, die Aussagen möglichst unvoreingenommen auf sich wirken zu lassen. Vorerst beschloss sie mit diesem Gedanken den Arbeitstag, widmete sich noch einige Minuten desinteressiert dem Fernsehprogramm und versuchte dann zu schlafen.

Untersuchungen

In ihren dunkelblauen wadenlangen Wollmantel gehüllt schlitterte Hauptkommissarin Eichhorn das spiegelglatte Pflaster entlang bis zur nächsten Querstraße. Es war noch stockfinster und fast menschenleer in dem kleinen Ort. Der Unterricht in den Schulen fiel infolge des starken Glatteises aus. Und auch alle übrigen Bewohner hatten sich wahrscheinlich in ihren warmen Betten nochmals auf die andere Seite gedreht, um der Dinge zu harren, die mit dem Morgengrauen auf sie zukommen würden.

Der Wind blies eisig aus Richtung Osten, was zu dieser Jahreszeit gewöhnlich eine stabile frostige Wetterlage ankündigte. Lina wickelte den dicken Schal fester um ihren Hals und zog ein Stück davon über Mund, Nase und ihre steif gefrorenen Ohren.

Schon von Fern sah sie die Praxis im Licht einer Straßenlaterne, die genau in Höhe des Eingangs stand. Von ihren beiden eifrigen Kollegen war weit und breit noch nichts zu sehen. Im Weitergehen versuchte sie auf die Armbanduhr zu schauen, aber sie konnte die Ziffern nicht erkennen.

Als sie endlich total durchgefroren unter der Laterne ankam, war es zwei Minuten nach Acht. Sie hatte es also geschafft, trotz der Glätte pünktlich zu sein.

Schnell nestelte sie die Zweitschlüssel, die sie glücklicherweise an sich genommen hatte, aus ihrer Tasche und betrat das Haus. Alles war still und, bis auf den Schimmer der Straßenbeleuchtung, der stellenweise durch die Scheiben fiel, barmherzig dunkel. Fast wirkte die Umgebung friedvoll wie eine menschenleere Kapelle. Ohne die Blutspuren auf dem Fußboden, die von der Kreidesilhouette der Leiche begrenzt waren, hätte hier niemand den Schauplatz einer so brutalen Tat vermutet.

Die Hauptkommissarin machte Licht. Sie zog ihre Lederhandschuhe nicht aus, legte aber Mantel und Schal über einen Stuhl. Dann untersuchte sie die Praxis genauer nach der Tatwaffe.

Scheren fanden sich auf Anhieb gleich mehrere. Allerdings waren sie entweder zu klein oder nicht spitz genug um jemanden damit tödlich zu verwunden. Endlich wurde sie in einer Schublade des Labors fündig.

Es handelte sich um ein wahres Monstrum, fast dreißig Zentimeter lang und genauso schmal wie spitz. Wozu diese Schere in der Praxis verwendet wurde, war ihr nicht ganz klar, aber dass sie als Mordwaffe ausgezeichnet geeignet schien, sah die Hauptkommissarin mit geschultem Blick. Vorsichtig ergriff sie das unschuldig und völlig sauber glänzende Werkzeug mit zwei Fingern und steckte es in eine Plastiktüte. Vielleicht konnten die Laboranten daran Spuren entdecken, die dem bloßen Auge unsichtbar blieben.

Die dunkelhaarige gepflegte Polizeibeamtin sah sich noch weiter im Labor um, konnte dort aber nichts Verdächtiges mehr entdecken. Deshalb begab sie sich nochmals in das Behandlungszimmer. Sie trat ans Fenster, um den abgestandenen Blutgeruch mit etwas kühler Frischluft zu vertreiben.

Im Vorbeigehen stieß sie gegen einen Papierkorb. Ihr fiel auf, dass er nicht entleert war, sondern einige verknüllte Papiertücher enthielt. Das erschien ihr höchst ungewöhnlich, da die Praxis ansonsten den Eindruck vermittelte, als sei eine

Putzfrau darin bis unmittelbar vor dem Mord sehr aktiv gewesen.

Die Hauptkommissarin schüttete den Inhalt des Papierkorbes auf den Boden, um ihn genauer zu begutachten. Es handelte sich um drei benutzte Papiertücher und ein zerknülltes und zerrissenes Stück von der dicken Papierrolle, die aus hygienischen Gründen zur Abdeckung der Liege im Untersuchungszimmer diente. Da Spuren an dem Papier wahrscheinlich waren, steckte Frau Eichhorn alles ebenfalls in Plastikbeutel für die anschließende Laboruntersuchung.

Weil sie weiter nichts Interessantes fand, begab sie sich eine Etage höher, nachdem sie das Fenster wieder ordentlich geschlossen hatte.

Hier stellte sie im Badezimmer einen schmutzigen braunen Kamm mit zwischen den Zähnen klebenden grauen Haaren sicher, der wahrscheinlich dem Doktor gehörte.

Sie wollte dem Polizeilabor die Möglichkeit geben, den genetischen Fingerabdruck des flüchtigen Ehegatten mit den gefundenen Sperma-Spuren zu vergleichen. Vielleicht würden diese Ergebnisse verwertbare Hinweise bringen. Schon häufig hatten Gentests der Polizei gute Dienste bei der Überführung oder Entlastung vermeintlicher Täter geleistet. Die Hauptkommissarin bedauerte nur, dass diese Analysen so schwierig und zeitaufwendig waren. Es würde bestimmt noch mehrere Tage dauern, bis die endgültigen Ergebnisse vorlägen.

Das Telefon klingelte mehrmals. Bevor Lina es erreichte, setzte sich ein automatischer Anrufbeantworter mit einem der üblichen Sprüche in Gang.

Die Hauptkommissarin hörte die warme wohlklingende Stimme der Ermordeten. Dann meldete sich der Anrufer äußerst nervös und ungeduldig: "Hier spricht die Firma Leasing Paracelsus, Möller am Apparat! Sie haben sich auf unser Mahnschreiben leider nicht gemeldet. Wir müssen also morgen die geleaste Praxiseinrichtung abholen. Tut mir leid..." Die Sprechzeit war abrupt beendet, und der Anrufbeantworter schaltete sich mit einem Klicken ab, bevor die Hauptkommissarin den Hörer ergreifen konnte.

Etwas unschlüssig stand sie neben dem Telefon. Sollte sie die Firma sofort anrufen und kraft ihres Amtes einen Aufschub für die geplante Räumung erwirken?

Das erneute Klingeln des Apparates riss sie aus den Überlegungen. Diesmal nahm sie sofort den Hörer in die Hand.

"Ja, Hallo?", meldete sie sich möglichst neutral.

"Frau Hauptkommissarin, äh — Lina, sind Sie es? Hier spricht Hilko Groothuusen", stammelte ihr junger Mitarbeiter am anderen Ende der Leitung. Und nachdem sie ihn hinsichtlich ihrer Identität beruhigt hatte, erfuhr sie, dass Kommissar Menke mit dem Wagen in seiner vereisten Hauseinfahrt mehrere Kilometer entfernt feststeckte. Groothuusen selbst hatte sich beim Sturz mit seinem Fahrrad einige Prellungen zugezogen, befand sich aber inzwischen auf dem Polizeirevier.

"Soll ich noch vorbeikommen, oder treffen wir uns hier?", fragte er pflichtbewusst an.

"Ich bin hier schon fast fertig. Wir sehen uns nachher auf dem Revier. Tschüs, Hilko!"

Lina Eichhorn legte den Hörer auf. Dann hörte sie den Anrufbeantworter ab. Aber es gab keinerlei Nachrichten darauf, außer der ihr bereits bekannten.

Sie musste unbedingt noch einen Blick in die Schränke der Toten werfen, um sich einen genaueren Eindruck von ihr zu verschaffen.

Im Schlafzimmer fand sie alles was sie suchte. Da Dr. Papadopoulos die meisten seiner Kleidungsstücke mitgenommen hatte, konnte sie sich auf die Garderobe seiner Frau beschränken.

Die Dame hatte offensichtlich den Luxus geliebt. Allerdings waren die durchweg sehr gewagten Kleider nicht neu. Ihrem Ehemann fehlte in letzter Zeit augenscheinlich das Geld, um sie zu verwöhnen. Auch ihre Reizwäsche wirkte eher billig. Lina hielt einen rotschwarzen Tangaslip aus einem ekligen Synthetikmaterial in die Höhe und schüttelte den Kopf.

Sie mochte diese Art Wäsche nicht. Am meisten liebte sie kühles edles Seidenmaterial auf ihrer Haut. Dank Ricardos großzügigen Überweisungen aus der Schweiz konnte sie sich das leisten.

In der altmodischen Frisierkommode fand die Kriminalbeamtin neben Modeschmuck nur billige Kosmetika und etliche Flaschen verschiedenen Parfums. Auch eine Schublade mit Medikamenten entdeckte sie. Es waren Tabletten gegen Schlafstörungen und Schmerzen sowie leichte Abführmittel — nichts Aufregendes also.

Sie ging nochmals mit aufmerksamem Blick durch sämtliche Räume des Hauses, kontrollierte vorsichtshalber, ob die Terrassentür, die in einen kleinen ungepflegten Garten hinter dem Haus führte, richtig geschlossen war und verließ dann das Haus.

Hilfsbereite Nachbarn

Die Sonne hatte sich inzwischen durch die dicken grauen Wolken gedrängt und bestrahlte den kleinen Ort mit freundlichem goldenen Licht. Das vereiste Straßenpflaster glitzerte heimtückisch.

Der direkte Nachbar des Arztes war gerade dabei, vor seiner Apotheke den Bürgersteig mit Salz vom Eis zu befreien. Es handelte sich um einen großen schlanken Mann mit leicht ausgedünntem dunkelblondem kurzgeschnittenem Haar, der einen weißen Kittel trug. Er mochte ungefähr um die Vierzig sein.

"Guten Morgen, mein Name ist Eichhorn. Ich bin die Leiterin der Sonderkommission, die den Tod von Maria Papadopoulos untersucht", grüßte Lina den Apotheker.

Er sah sie äußerst erstaunt aber freundlich an.

"Ach ja, das ist wirklich eine furchtbare Geschichte. Und so etwas musste ausgerechnet in unserer Nachbarschaft geschehen!" Er sprach akzentfreies Hochdeutsch, woraus die Hauptkommissarin schloss, dass er kein Ostfriese war.

Die Einheimischen, die sie bisher kennen gelernt hatte, sprachen in einem eigentümlich schleppenden Tonfall und zogen mindestens das "A" leicht zum "O" hin, selbst wenn sie grammatikalisch einwandfreies Hochdeutsch beherrschten.

"Haben Sie in diesem Zusammenhang vielleicht eine Beobachtung gemacht, die uns weiterhelfen könnte?", fragte sie den sympathisch wirkenden Mann, an dem ihr die strahlenden blauen Augen besonders auffielen.

"Ihre Kollegen haben uns das auch schon gefragt. Aber meine Frau und ich haben einen sehr festen Schlaf. Außerdem liegen die Schlafzimmer zum Garten hin. Wie soll man da mitten in der Nacht etwas bemerken. Schließlich ist ja nicht geschossen worden, soviel ich weiß", gab er bereitwillig Auskunft.

"Wohnt sonst niemand in ihrem Haus, Angehörige vielleicht?", fragte Lina weiter.

"Nein, unser Sohn Michael studiert seit dem vorigen Jahr in Münster Medizin. Der kommt nur noch manchmal in den Semesterferien nach Hause. Und die Apothekenhelferinnen sind ausschließlich tagsüber hier. Heute warte ich aber wahrscheinlich vergeblich auf sie. Das verflixte Glatteis hat den gesamten Verkehr im Umkreis lahm gelegt!"

Er schüttelte ärgerlich den Rest aus der Salztüte auf den Gehweg und wollte sich abwenden, um ins Haus zurückzukehren.

"Ich hätte da noch eine Bitte. Wir haben in der Arztpraxis jede Menge rezeptpflichtiger Medikamente gefunden. Es wäre besser, wenn die sicher verwahrt würden, bis sich Dr. Papadopoulos bei uns meldet. Wären Sie eventuell dazu bereit, sie vorübergehend an sich zu nehmen?"

Der Mann drehte sich zögernd um. "Ja, selbstverständlich. Wenn es Ihnen weiterhilft, werde ich die Sachen bei mir aufbewahren. Sind sie denn in der Arztpraxis nicht unter Verschluss?"

"Das Problem ist, dass die Möbel jeden Tag abgeholt werden können und der Hausbesitzer die Räume schnellstmöglich weitervermieten möchte. Bevor Unbefugte die Medikamente ausräumen, sollten wir sie besser sicherstellen", erklärte Frau Eichhorn geduldig.

"Ja, gut. Aber kommen Sie doch einen Moment mit hinein. Ich muss nämlich unbedingt in der

Nähe des Telefons sein, falls meine Angestellten anrufen. Heute wird bestimmt noch ein arbeitsreicher Tag für mich. Sie wissen schon — Prellungen, Platzwunden, Knochenbrüche und dazu noch die jahreszeitlich bedingten Erkältungen!" Er rieb sich die Hände, ob wegen der Kälte oder in Erwartung des willkommenen Geldsegens wurde Lina nicht ganz klar. Dann öffnete er die Tür und ließ der Hauptkommissarin freundlich den Vortritt.

Die modern eingerichtete Apotheke befand sich in einem baugleichen Haus wie die benachbarte Arztpraxis. Frau Eichhorn erfuhr von dem Apotheker, Walter Piefke, dass die beiden Häuser einem wohlhabenden Dornumer Geschäftsmann gehörten und von Dr. Papadopoulos und ihm vor ungefähr vier Jahren angemietet worden waren.

"Naturgemäß läuft eine Apotheke mit einer nebenliegenden Arztpraxis für gewöhnlich besonders gut, deshalb hatte ich mich damals für diesen Standort entschieden. Nachdem ich jahrelang als Angestellter in einer Apotheke in Esens arbeitete, konnte ich auf eine diesbezügliche Erfahrung zurückgreifen. Aber dieser Dr. Papadopoulos verstand sein Geschäft nicht", erzählte der Apotheker leutselig.

Lina musste sich anhören, dass ihm der griechische Arzt nach anfänglich vielversprechender Kontaktaufnahme, immer unsympathischer wurde.

Papadopoulos habe stets versucht zu vermeiden, dass die Patienten teure Medikamente in der Apotheke kauften. Entweder schrieb er ihnen eigene Mixturen auf, die der Apotheker zu seinem Ärgernis in zeitaufwendigem Verfahren selbst zubereiten musste, oder er gab ihnen kostenlose Arzneimuster aus der Praxis mit.

"Die Anzahl seiner Patienten konnte er dadurch aber nicht steigern. Im Sommer, wenn die Touristenschwärme die Küstenregion überzogen, saßen die Kurgäste oft den ganzen Vormittag in seinem Wartezimmer, während er in aller Ausführlichkeit die Zeitung studierte. Und im Winter konnte jeder mit Pfeil und Bogen durch die Räume schießen, ohne einen einzigen Patienten zu treffen. Viele meiner Kunden waren unzufrieden mit dem Quacksalber. Ich musste mir häufig Beschwerden anhören."

"Halten Sie ihn des Mordes an seiner Frau für fähig?", fragte die Hauptkommissarin, um die Reaktion des Mannes zu testen und dem Gespräch eine andere Wendung zu geben.

"Hm, so gut kenne ich ihn eigentlich auch wieder nicht. Ich meine — äh, hm — sein Privatleben hat mich ehrlich gesagt nie wirklich interessiert", wand er sich wie ein frisch gefangener Aal in der Reuse.

"Wie war sie denn so die Maria Papadopoulos? Mir schien, dass es sich um eine außergewöhnlich attraktive Frau handelte", bohrte Frau Eichhorn weiter, als sei ihr bei gewisser Ausdauer ein Rohöl-Fund sicher.

Walter Piefke schaute einen Augenblick betreten zu Boden. Dann sah er sie etwas verwirrt an und meinte fast kleinlaut: "Ja, hübsch war sie schon ..."

Als ob ihm jemand das Wort abgeschnitten hätte, schwieg er plötzlich, wendete sich von ihr ab und kramte geschäftig in einer Medikamentenschublade.

Lina bemerkte seine offensichtliche Verunsicherung und ließ nicht locker: "Der Doktor und seine Gattin waren doch ein sehr ungleiches Paar, schon vom Alter her, außerdem wirkte sie klein und zierlich und er wie eine überfütterte Bulldogge."

Da drehte sich der Apotheker ihr zu und lachte wie befreit. "Ja, das ist doch mal ein wirklich treffendes Bild: überfütterte Bulldogge! Muss ich heute Mittag unbedingt meiner Frau erzählen."

"Ach, ist Ihre Frau nicht zu Hause? Ich hätte gern auch ein paar Worte mit ihr gewechselt", äußerte Frau Eichhorn mit echtem Bedauern.

"Doch. Sie ist wahrscheinlich schon in ihrer Werkstatt im Hof. Wissen Sie, wenn man sich täglich zu den drei Mahlzeiten sieht, reicht das meiner Meinung nach völlig aus. Auf die Dauer kann eine Ehe nur darunter leiden, wenn beide Partner zu viel aufeinander glucken. Hilde, meine Frau, arbeitet nie in der Apotheke mit. Sie beschäftigt sich, seit Michael aus dem Haus ist, fast nur noch mit ihren Hobbys, in letzter Zeit besonders mit der Bildhauerei."

Der Hauptkommissarin kam es so vor, als schwinge ein missbilligender Unterton in der liebenswürdigen Stimme des Apothekers. Er zeigte ihr aber anschließend bereitwillig den Weg zur Werkstatt seiner Frau. Begleiten wolle er sie nicht, weil er unbedingt in der Apotheke bleiben müsse.

"Außerdem lässt sich Hilde von mir nicht gern über die Schulter schauen, wenn sie mit ihrem

Hobby beschäftigt ist. Ich bin bestimmt schon seit über einem Jahr nicht mehr in ihrer Werkstatt gewesen", entschuldigte sich Herr Piefke.

Lina Eichhorn musste ein kleines Stück durch den Garten gehen. Unsicher setzte sie einen Fuß vor den anderen, denn der Weg aus eingestampften Holzpflöcken war völlig mit Eis überzogen. Da sie nur langsam voran kam, hatte sie ausreichend Gelegenheit, die örtlichen Gegebenheiten unauffällig zu studieren.

Der Garten der Apotheke war sehr schön angelegt. Die Beete trugen liebevolle kleine Schildchen, auf denen die Namen der Blumen und Kräuter vermerkt waren, die in der warmen Jahreszeit hier grünten und blühten. Obwohl der Winter allgemein die Natur nicht besonders freundlich erscheinen ließ, erahnte Lina, wie prachtvoll diese Gartenanlage in der übrigen Zeit aussehen musste.

Zum Nachbargrundstück, das sehr verwildert wirkte, gab es keine sichtbare Abgrenzung, wie einen Zaun oder eine Hecke, wahrscheinlich, weil beide Grundstücke denselben Eigentümer hatten.

Durch die eisüberzogenen Zweige der kahlen Bäume und Sträucher, die gläsern in der Sonne funkelten, konnte man ungehindert bis auf die Terrasse der Arztpraxis sehen.

Endlich erreichte sie das achteckige eindrucksvolle Gartenhaus. Durch die hellerleuchteten Sprossenfenster sah Lina eine sehr große breitschultrige aber keineswegs dicke Frau bei der Arbeit. Sie meißelte äußerst konzentriert an einem mächtigen unförmigen Stein und hatte die Gegenwart der Besucherin offensichtlich noch nicht bemerkt.

Die Polizeibeamtin klopfte vorsichtshalber mehrmals gegen eine der kleinen Türscheiben bevor sie eintrat. Ein seltsam kalkartiger Geruch lag in der Luft, und der Boden war von feinem Staub und kleinen Steinbrocken bedeckt. Hier und dort standen vollendete und halbbehauene Steinplastiken herum. Der Raum wurde von einem Gasstrahler einigermaßen temperiert. Die schwarzhaarige Frau Piefke hob erstaunt den Kopf mit dem langen Pferdeschwanz und blickte die unerwartete Besucherin fragend an.

"Ja, bitte?" Sie legte erwartungsvoll das Werkzeug aus der Hand und wischte sich die staubigen Hände an ihrem nagelneuen blauen Overall ab, dessen Hosenbeine bis über die Knöchel hochgekrempelt waren. Darunter trug sie dicke handgestrickte Socken und derbes Schuhwerk an den ziemlich großen Füßen.

"Guten Morgen, Frau Piefke. Ich bin Hauptkommissarin Eichhorn, Leiterin der Sonderkommission, die sich mit dem Mord an Ihrer Nachbarin beschäftigt. Würden Sie mir freundlicherweise einige Fragen beantworten?" Lina sprach betont ruhig und liebenswürdig.

Das auffallend bleiche Antlitz der Apothekersgattin schien noch eine Spur weißer zu werden. Ihre mit schwarzem Lidstrich dick umrandeten Augen zogen sich zu schmalen Strichen zusammen, wobei das Gesicht ein fast asiatisches undurchdringliches Aussehen erhielt.

"Was könnte ich Ihnen denn zu diesem Mord sagen?", fragte sie mit äußerstem Misstrauen und vermied es, der Kriminalbeamtin direkt in die Augen zu blicken.

"Ach, es handelt sich nur um einige allgemeine Auskünfte. Schließlich waren Sie und Ihr Mann die direkten Nachbarn der Ermordeten", beruhigte Lina die nervöse Frau.

"Ja, aber wir hatten keinen näheren Kontakt zu Herrn und Frau Papadopoulos. Zuletzt haben wir uns nicht einmal mehr gegrüßt."

"Ihr Mann hat mir von den geschäftlichen Problemen schon berichtet. Welchen Eindruck hatten Sie denn von der Ehe Ihrer Nachbarn? Gab es manchmal Streit? Oder wirkte die Beziehung harmonisch, trotz der großen finanziellen Schwierigkeiten, die das Arztehepaar hatte?", setzte Frau Eichhorn unbarmherzig die Befragung fort.

Sie war zwar grundsätzlich nicht an Nachbarschaftsklatsch interessiert, in einem Mordfall konnten aber auch kleine anscheinend unwichtige Beobachtungen auf die Spur des Täters führen.

"Die Ehe? Ich glaube sie war nicht schlechter oder besser als andere. Sie waren immerhin den ganzen Tag in der Praxis und auch privat zusammen. Um das auszuhalten, muss man sich schon ziemlich gut verstehen. Mein Mann hatte nie etwas dafür übrig, dass ich im Geschäft mitarbeite. Da würde ich ihm nur auf die Nerven gehen. Er fährt sogar allein in Urlaub, um ein wenig Abstand zu gewinnen — natürlich nur auf Segelturn rund um die ostfriesischen Inseln und manchmal bis Helgoland. Das würde mir sowieso keinen Spaß machen — tagelang völlig ohne Komfort auf solch einer Jolle! - Die Papadopoulos' fuhren im Urlaub regelmäßig nach Griechenland zu seiner Mutter. Aber er hatte ja nur im Winter Zeit, und dann ist es in Athen auch nicht besonders warm." Frau Piefke schüttelte sich fröstelnd.

"Hatte das Ehepaar vielleicht Freunde oder gute Bekannte hier im Ort?" Irgendwie musste Lina schließlich an etwas intimere Auskünfte kommen, als ihr die distanzierten Nachbarn geben konnten.

"Soviel ich weiß, lebten sie eher zurückgezogen. Manchmal gingen sie ins Restaurant zum Essen. Darüber wunderten mein Mann und ich uns immer sehr, weil die Praxis doch nur so wenig Geld einbrachte. Scheinbar konnten die beiden überhaupt nicht wirtschaften. Na, man sieht ja, wo solch ein Lotterleben endet."

Triumphierend, als sei sie Justitia persönlich, sah sie auf die Polizeibeamtin herab, denn sie war gut einen Kopf größer als diese, und nahm dann lautstark und kraftvoll die Arbeit an ihrem Werkstück wieder auf. Offenbar betrachtete sie das Gespräch als beendet.

"Wenn Ihnen doch noch etwas einfällt, was uns weiterhelfen könnte, rufen Sie mich bitte im Polizeirevier an. Ich werde sicher noch eine Weile mit dem Fall beschäftigt sein", schloss Frau Eichhorn das fruchtlose Gespräch ab und verabschiedete sich.

"Tschüs dann", sagte Frau Piefke zwischen zwei Hammerschlägen ohne aufzublicken. "Machen Sie bitte die Tür fest zu. Es zieht sonst wie Hechtsuppe!"

Auf dem Rückweg schaute Lina noch kurz beim Apotheker vorbei. Da er gerade Kundschaft hatte, versprach sie, nach Dienstschluss nochmals wegen der Medikamente wiederzukommen. Danach machte sie sich auf den Weg zum Revier.

Routinearbeit

Es dauerte eine Weile, ehe Hauptkommissarin Eichhorn die schlüpfrige Wegstrecke bewältigte. Nicht alle Dornumer waren so freundlich gewesen, den Gehweg mit Salz oder Sand von der lauernden Rutschgefahr zu befreien. Einige der Häuser, die sie schlitternd passierte, wirkten durch die tagsüber heruntergelassenen Rollläden gänzlich unbewohnt. Wahrscheinlich waren die Eigentümer verreist oder nutzten die Gebäude nur in der warmen Jahreszeit als Ferienhäuser.

Das Polizeirevier strahlte aber mit seinen sämtlichen Fenstern in der bereits gewohnten Gemütlichkeit. Lina begab sich schnurstracks in ihr Zimmer. Sie warf Mantel, Schal und Handschuhe achtlos auf den Schreibtisch und ergriff sofort das Telefon, um das gerichtsmedizinische Institut von ihren interessanten Funden zu informieren. Vielleicht würde es die Ergebnisse beschleunigen, wenn sie persönlich mit dem zuständigen Pathologen sprach.

Während sie versuchte der Medizinerin, die sie im Polizeilabor am Telefon erwischte, ein Zugeständnis bezüglich der Bearbeitungszeit abzuringen, brachte ihr Groothuusen eine Tasse Kaffee. Vorsichtig nahm er ihre Garderobe und hing sie ordentlich in den Kleiderschrank. Dann wartete er dienstbeflissen auf das Ende des Telefonates.

"Haben Sie die Tatwaffe sichergestellt?", sprudelte es aus ihm heraus, sobald seine Chefin den Hörer auflegte. Er deutete auf die Schere im Plastikbeutel.

"Immerhin wäre es möglich. Aber wir müssen die Laboruntersuchungen noch abwarten. Bitte sorgen Sie dafür, dass die Sachen unverzüglich losgeschickt werden", dämpfte die Hauptkommissarin seinen Enthusiasmus.

"Ja, sofort. Wir schicken es mit einem Kurierdienst. Das ist schnell und sicher." Der junge schlaksige Mann griff nach den Beuteln und war schon fast durch die Tür verschwunden, als er sich nochmals umwandte und rief: "Übrigens wartet nebenan eine Reporterin, die Sie unbedingt sprechen will. Soll ich sie 'reinschicken?"

Lina nickte genervt. Reporter waren für sie ein rotes Tuch. Ständig behinderten sie die Ermittlungen, tauchten immer dann auf, wenn man sie am wenigsten gebrauchen konnte und drehten einem das Wort im Munde herum, um eine reißerische Story zu ergattern.

Vorsichtshalber sah sie noch schnell in den Spiegel und zog ihre Lippen nach. Denn meistens schossen die Blitzlichter schon los, bevor sie ihre Zustimmung dazu gegeben hatte.

Erstaunlicherweise klopfte aber nach einer Weile eine sehr junge blassblonde Frau schüchtern an die geöffnete Tür. Sie hatte so gar nichts von einer gierigen Reportermeute an sich. Höflich fragte sie, ob sie eintreten dürfe und nahm auf Frau Eichhorns ausdrückliche Einladung ihr gegenüber Platz.

"Können Sie mir bitte einige Auskünfte zum neuesten Stand der Ermittlungen für unsere Heimatzeitung geben?", fragte die Reporterin leise und freundlich. "Sie müssen wissen, dass der Mord zurzeit in aller Munde ist. Nichts bewegt unsere Leser im Augenblick mehr, als diese scheußliche Gräueltat. Wir sehen es deshalb als unsere Pflicht an, sie laufend darüber zu informieren."

"Wir wissen noch nichts Genaues. Die gerichtsmedizinischen Untersuchungen und die notwendigen Befragungen der Kontaktpersonen sind leider bisher nicht abgeschlossen. Der Ehemann des Mordopfers ist nach wie vor flüchtig. Wir suchen ihn über Interpol. Er muss jedoch keineswegs zwingend der Mörder sein — das bitte ich bei Ihrer Berichterstattung zu berücksichtigen."

Hauptkommissarin Eichhorn sprach ebenfalls verbindlich, denn sie war vom Auftreten der jungen Frau angenehm überrascht. Sie ließ sich, nachdem sie mehrfach beteuert hatte, dass die Ermittlungen mit aller Sorgfalt und gebotener Dringlichkeit durchgeführt würden, sogar freiwillig für die Heimatzeitung fotografieren.

Nach Beendigung des Pressegespräches, suchte Lina jemanden, der ihr sagen konnte, wie sie am besten zu den Wohnungen der beiden Patientinnen kam, deren Vernehmung sie für den Nachmittag eingeplant hatte.

Im Amtszimmer auf der gegenüberliegenden Seite des Flures traf sie nur auf Wachtmeister Oldewurtel. Sie grüßte freundlich, erhielt aber lediglich ein unverständliches Brummen zur Antwort.

Oldewurtel tippte gerade im Ein-Finger-Suchsystem einen Bericht auf der Schreibmaschine. Er musste sich dabei sehr stark konzentrieren und konnte offensichtlich keinen einzigen

Blick für die Hauptkommissarin erübrigen. Nach zwei weiteren Wörtern im Schneckentempo hielt er aber plötzlich stirnrunzelnd inne.

"Wee schreev een nu 'Blootspendepass' — mit 'ä' oder eenfach mit 'e'?", wandte er sich etwas verlegen an Frau Eichhorn.

"B, l, u, t, s, p, e, n, d, e, p, a, s, s", buchstabierte Lina freundlich lächelnd das ganze Wort, weil sie sich nicht sicher war, ob er es sonst wohlmöglich mit doppeltem "o" schriebe.

"Dank, ook!", murmelte er und tippte das Wort erleichtert in die Maschine.

"Ich hab' da mal eine Bitte, Herr Oldewurtel, wenn ich einen Moment unterbrechen darf?", wagte die Hauptkommissarin den zweiten Anlauf.

"Hm!" Der Beamte sah sie erstaunt an.

"Heute Nachmittag habe ich zwei Befragungen im Ort durchzuführen. Könnten Sie mir sagen, wie ich da am schnellsten hinkomme? Außerdem brauche ich Kommissar Menkes Telefonnummer, um mich mit ihm abzustimmen." Frischweg hielt sie ihm den Zettel mit den Adressen gleich unter die Nase.

"Nu mol longsom voran! Dat sin jo gliek dree Dings up eenmol!", protestierte Oldewurtel zunächst.

Dann gab er aber doch bereitwillig Auskunft, wenngleich Lina einige Schwierigkeiten hatte, seinen eigenartigen umständlichen Wegbeschreibungen zu folgen. Glücklicherweise wohnte die Lehrerin nicht weit von der Realschule entfernt, die im Dornumer Schloss untergebracht war. Den Weg konnte Lina leicht zu Fuß bewältigen.

Vorher wollte sie aber noch im Hotel zu Mittag essen und sich einen Moment entspannen. Regelmäßige Erholungsphasen nahm die Hauptkommissarin sehr wichtig. In den kurzen Pausen zwang sie sich zu mentalem Entspannungstraining. Anschließend kamen ihr meistens die besten Ideen. Außerdem war das Abschalten für sie extrem notwendig um sich auf die ständig wechselnden Gesprächspartner bei den Befragungen und Verhören mit voller Konzentration einzustellen.

Klatsch und Tratsch

Weil ihr nicht nach Völlerei zumute war, aß Frau Eichhorn nur etwas Fisch und Salat. Frau Diekers bediente sie persönlich. Während des Essens kam sie mehrmals kurz an den Tisch, um ihre Neugierde bezüglich des Mordfalles zu befriedigen. Aber die Hauptkommissarin blieb standhaft und sagte ihr nicht mehr, als sie der Presse ohnehin schon mitgeteilt hatte.

Schließlich setzte sich die Wirtin auf einen der freien Stühle und flüsterte, als fürchte sie, dass jemand der Anwesenden mithöre: "Der Quacksalber hat anfangs häufig bei uns im Muschelhaus gegessen. Er guckte dabei nicht auf 'ne Mark, trank auch meistens Rotwein dazu. Später kam er immer seltener. Im vergangenen Herbst tauchte er dann unerwartet mit seiner Frau auf, bestellte sehr üppig und rief mich, als sie gerade beim Dessert waren, zu seinem Tisch. Er zeigte mir eine Fliege im Essen und tat fürchterlich angeekelt, ja fast beleidigt. Mir war das vor den übrigen Gästen so peinlich, dass ich auf die Bezahlung verzichtete. Wir sind schließlich eines der besten Häuser hier und haben einen Ruf zu verlieren!"

Lina Eichhorn sah die Frau abwartend an, sie konnte sich nicht vorstellen, was an dieser Geschichte für die Polizei interessant sein sollte.

Aber Frau Diekers berichtete fast ohne Luft zu holen weiter: "Nun stellen sie sich vor, was ich später von einer Freundin erfahren habe: Das feine Pärchen hat sich mit dieser Methode in Dornum und Umgebung etliche Male umsonst durchgefressen! Sie hatten immer, wenn sie in ein Restaurant gingen, eine Streichholzschachtel mit toten Fliegen bei sich, die sie, sobald sie satt waren, ins Essen schmuggelten. Ist das nicht eine Unverschämtheit? So was erwartet man doch nicht von einem gebildeten Menschen!"

"Ja, ja, schwarze Schafe gibt es überall. Man muss immer die Augen offen halten, um nicht betrogen zu werden", antwortete die Polizeibeamtin leicht amüsiert.

"Ich denke, so einer schreckt auch nicht vor Schlimmerem zurück! Was meinen Sie?" Die Restaurantbesitzerin sah die Hauptkommissarin mit blitzenden Augen Zustimmung heischend an.

Frau Eichhorn aß genüsslich den letzten Bissen von ihrem Teller und tat so, als habe sie die Anspielung überhört. Langsam erhob sie sich und nickte der geschwätzigen Frau freundlich zu.

"Vielen Dank für alles. Es hat wieder ausgezeichnet gemundet — aber jetzt muss ich wirklich los. Sie wissen doch: Die Zeit arbeitet immer gegen die Polizei!"

Sie ließ die Wirtin erbarmungslos stehen und ging auf ihr Zimmer. Unter Menkes Telefonnummer meldete sich niemand. Wahrscheinlich hatte er sich inzwischen doch auf den Weg ins Revier gemacht. Sie würde es später nochmals dort versuchen.

Für eine Viertelstunde legte sie sich mit geschlossenen Augen auf das Bett und ließ die Gedanken einfach fliegen wie aufgescheuchte Vögel.

Allmählich entfernte sie sich innerlich von dem Mordfall und beschäftigte sich wieder mit privaten Problemen.

Hoffentlich würde es ihrem Vater bald besser gehen, sonst war ihr Familienurlaub ernsthaft gefährdet. Wie in jedem Winter wollte sie mit ihrer Tochter für zwei Wochen in die Schweiz zum Schilaufen. Es war seit zwanzig Jahren Tradition, dass sie immer an denselben Ort fuhr. Dort hatte sie damals Carinas Vater kennengelernt und sich stürmisch in ihn verliebt.

Ricardo war — wie konnte es anders sein — Schilehrer aber auch zugleich der Sohn des größten Hoteliers am Platz. Sie schwebte mit ihm über die Pisten wie auf Wolke Sieben. Ihre erste große Liebe fühlte sich seltsamerweise auch nach so vielen Jahren noch wundervoll frisch an. Die hübsche Tochter erinnerte sie ständig an seine schönen braunen Augen und sein volles lockiges Haar.

Carina trug in ihrem Namen genau je drei Buchstaben aus den Vornamen ihrer Eltern. Aber auch in ihrem Wesen spiegelten sich die ihr am nächsten stehenden Menschen auf wunderbare Art wider. Sie hatte sehr viel vom Vater, war genauso sportlich und musikalisch wie er. Jedoch in ihrem pflichtbewussten Verhalten und dem Lerneifer kam das Hörnchen mehr auf seine Mutter.

Obwohl der unbezähmbare freiheitsliebende Ricardo inzwischen auch ruhiger geworden war. Er hatte das Hotel seiner Eltern vor drei Jahren übernommen. Schiunterricht gab er nur noch gelegentlich für ganz besondere Gäste. Keine von den hübschen oder reichen Damen hatte ihn bisher einfangen können. Ricardo war der geborene Junggeselle!

Lina freute sich jedes Jahr erneut sehnsüchtig auf das Wiedersehen. Er nahm sich während der vierzehn Tage immer ausschließlich Zeit für sie und seine Tochter. Und es tat ihnen allen sehr wohl, wenn sie hier wenigstens einmal jährlich wie eine richtige Familie zusammenfanden.

Die unvergleichlichen Bilder schneebedeckter Berge im Sonnenschein zogen durch Linas Gemüt und wischten alle negativen Gedanken hinweg, wie ein überdimensionales rosarotes Radiergummi.

Sie spürte sie noch, die wohlige Wärme, die ihre fröstelnden Glieder auf der gemütlichen Schihütte umfing. Seine Küsse brannten heiß auf ihrer kühlen Haut. Nie hatte sie einen zärtlicheren Mann kennen gelernt als ihren Ricardo. Außerdem war er ein exzellenter Unterhalter. Bei „Jagertee" saßen sie häufig mit netten Leuten zusammen und hatten eine Menge Spaß — unweit der Pisten zwischen zwei Abfahrten oder am Abend beim Après-Ski.

Viele feuchtfröhlich durchtanzte Nächte lagen hinter ihnen und hoffentlich würden noch unzählige folgen. Durch die ständige Trennung war ihre Beziehung interessant und prickelnd geblieben, wie am ersten Tag.

Manchmal nörgelte Linas alter Vater, weil sie nicht heiraten wollte: "Dieser Kerl nutzt dich doch nur aus. Sobald du weg bist, liegt er mit 'ner anderen im Bett. Irgendwann bist du zu alt für ihn, und er heiratet eine Junge. Such' dir hier aus der Gegend jemanden, der sich ordentlich um dich und die Kleine kümmert. Was nützt euch das Geld, das der feine Hotelier schickt? Hörnchen hat dadurch doch keinen richtigen Vater und du keinen vernünftigen Mann!"

Sie konnte ihm nicht klarmachen, dass sie einfach jeden Typen, den sie näher kennen lernte, an Ricardo messen musste. Die meisten kamen dabei so schlecht weg, dass ihre jetzige Situation mit Abstand den besten Kompromiss darstellte.

Die Hauptkommissarin öffnete ihre interessanten grünen Augen ruckartig. Sie wollte es unbedingt vermeiden, ins Grübeln zu geraten. Ein kurzer Blick in ihre Unterlagen und der Alltag mit seinen grausigen Verbrechen, die ihre zarte Seele dauernd unter scharfem Beschuss hielten, umfing sie schmerzhaft. Sie zog sich warm an und verließ das Hotel in Richtung Schloss Dornum, um Frau Anneliese Stick, die von Allergien geplagte Lehrerin, aufzusuchen.

Befragung

Die Frau war sehr überrascht, dass sie Besuch erhielt. Sie steckte vorsichtig nur ihr pickliges, von strähnigem grauem Haar eingerahmtes Gesicht aus einem kleinen Fenster neben der Haustür.

"Sie wünschen?", fragte sie abweisend.

Die Hauptkommissarin stellte sich auf die üblich charmante Art vor und hielt der misstrauischen Lehrerin außerdem noch ihren Dienstausweis unter die Nase.

"Vielleicht könnte ich einen Moment hineinkommen. Sonst holen Sie sich bei diesem Wetter am offenen Fenster noch einen Schnupfen!"

Vor Krankheiten hatte Frau Stick noch mehr Angst als vor Fremden, deshalb öffnete sie Frau Eichhorn widerwillig die Haustür. Es dauerte eine ganze Weile bis sie sämtliche Sicherheitsvorrichtungen entriegelt hatte, aber dann stand die Polizeibeamtin schließlich doch drinnen.

Die Wohnung wirkte kalt und ungemütlich. Wegen ihrer zahlreichen Allergien verzichtete die Lehrerin auf Teppichböden, Polstermöbel und sogar auf Zimmerpflanzen.

"Vermutlich können Sie sich denken, dass ich ein paar Fragen bezüglich des Mordfalles an Sie habe." Lina Eichhorn sprach verbindlich, während sie sich den angebotenen Stuhl zurechtrückte.

"Ich kann Ihnen da aber wahrscheinlich überhaupt nicht weiterhelfen", erwiderte die Frau etwas verstört.

"Lassen Sie das mal ruhig meine Sorge sein. Auch scheinbare Nebensächlichkeiten können manchmal zur Aufklärung eines Verbrechens beitragen. - Sie sind doch Dr. Papadopoulos' Privatpatientin. Welchen Eindruck macht der Arzt auf Sie?" Sie sah die Befragte aufmunternd an.

"Welchen Eindruck ...?", wiederholte Frau Stick unschlüssig, und ihre trüben Augen begannen ein wenig zu flackern. "Er ist ein ausgezeichneter Diagnostiker und hat mir bisher besser geholfen, als alle Ärzte, die ich vorher konsultierte — einschließlich der Allergologen, und das waren nicht wenige. Seit knapp zwei Jahren befolge ich die Verhaltensregeln einschließlich der Diät, die Dr. Papadopoulos mir verordnet hat, genauestens —

und es geht mir auch ohne starke Medikamente erstaunlich gut. Der Doktor ist ein sehr gebildeter und einfühlsamer Mensch. Es herrschte zwischen uns von Anfang an eine Art Seelenverwandtschaft. Wenn Sie wissen, was ich damit meine", erzählte die Lehrerin stockend und errötete bei den letzten Worten leicht.

"Seine Frau arbeitete, soviel uns bekannt ist, immer mit in der Praxis. Können Sie sich vorstellen, wer einen Grund hatte, sie umzubringen?", versuchte Lina ihr Glück.

"Seine Frau? Ja, die war sozusagen gleichzeitig seine Sprechstundenhilfe und Mädchen für alles. Sie soll vorher in einer HNO-Klinik tätig gewesen sein — war also gewissermaßen vom Fach. Man möchte ja Toten nicht unbedingt etwas Schlechtes nachsagen, aber Frau Papadopoulos war mir nicht besonders sympathisch. Sie hat teilweise mit ihrer Art die Patienten aus der Praxis vergrault. Überall steckte sie ihre Nase hinein und gab ihren Senf dazu. Jede Krankheit kannte sie angeblich aus eigener Erfahrung ganz genau.

Und wie sie sich anzog! Die tiefen Ausschnitte und ihr kurzer Kittel waren einfach ein Skandal! Wahrscheinlich hatte sie nicht einmal etwas darunter an. Dabei waren doch die meisten Männer entweder alt oder krank, wenn sie in der Praxis erschienen. Darauf nahm sie einfach keine Rücksicht. Der arme sensible Doktor hatte solch eine ordinäre Frau wirklich nicht verdient!", jammerte die Lehrerin, als sei der Arzt das Mordopfer.

"Immerhin hat er sie vor gar nicht so langer Zeit geheiratet. Erschien Ihnen die Ehe der beiden denn irgendwie belastet? Hat sich der Doktor vielleicht bei Ihnen über seine Frau beschwert?", hakte Hauptkommissarin Eichhorn nach.

"Wo denken Sie hin! Es ist keineswegs die Art von Dr. Papadopoulos sich wegen privater Dinge bei mir zu beklagen. Wir hatten intensive Gespräche über Kunst, Musik und Philosophie oder über seine griechische Heimat. Ich nehme immer sehr viel mit von diesen Arztbesuchen — nicht nur für das körperliche Wohlbefinden." Sie schaute träumerisch in irgendwelche Regionen, die Lina Eichhorn wahrscheinlich nie betreten würde, geschweige denn kennen lernen wollte.

"Sie trauen ihm den brutalen Mord an seiner Frau dann wahrscheinlich auch nicht zu ...", stellte die Hauptkommissarin vorsichtig fest.

"Selbstverständlich nicht! Er ist ein Geistesmensch und als solcher eines Mordes überhaupt nicht fähig! Vielleicht hat er unter dem primitiven Benehmen seiner Frau gelitten, aber getötet hätte er sie niemals — da bin ich ganz sicher", empörte sich Frau Stick.

"Und nun verlassen Sie besser mein Haus! Ich bin nicht gewillt mir derartige Verdächtigungen dieses integeren Mannes länger anzuhören!" Der Stuhl fiel polternd zu Boden, als die allergische Lehrerin geharnischt aufsprang und Lina Eichhorn die Tür wies.

Da die Hauptkommissarin ohnehin nicht erwartete, noch irgendwelche brauchbaren Hinweise von der heimlichen Verehrerin des verschwundenen Arztes zu erhalten, verabschiedete sie sich schnell, um die andere Patientin aufzusuchen.

Im Fischladen

Von Wachtmeister Oldewurtel wusste sie, dass die Frau ein Fischgeschäft an der Straße in Richtung Dornumersiel führte. Ihre Hoffnung, sie dort trotz der Wintersaison anzutreffen, sollte nicht enttäuscht werden.

Die Hauptkommissarin war eine ziemlich lange Strecke durch die Kälte gelaufen, als sie endlich den Namen der Patientin in großen weißen Buchstaben über der Schaufensterscheibe eines kleinen Geschäftes erblickte. Die Auslagen wirkten nicht besonders üppig, sondern bestanden zum größeren Teil aus geschmacklosen Plastikdekorationen, die schon stark von der Sonne gebleicht waren.

Lina Eichhorn betrat den leeren Laden unter dem lauten Gebimmel der Türglocke. Es roch sehr penetrant nach Meeresfrüchten. Ein fast zwei Meter großer breitschultriger Mann mit blau weiß gestreiftem Hemd und Pudelmütze trat hinter die Theke.

"Moin, wat durf et denn sin?", fragte er geschäftstüchtig mit breitem Grinsen.

"Guten Tag", antwortete die Hauptkommissarin freundlich. "Ich bin von der Mordkommission und möchte gern ein paar Worte mit Frau Hetta Neemann sprechen."

"Polizei? Ah, wegen dem Mord an dem Dokter siner Fru! - Moder, kumm mol! Do is een för di", rief der junge Mann nach hinten.

Frau Neemann erschien kurz darauf ebenfalls hinterm Tresen. Sie wischte sich die Hände an einer bunten Küchenschürze ab und sah Lina erstaunt an. Neben ihrem hünenhaften Sohn wirkte sie ziemlich klein und pummelig. Über einem roten gutmütigen Gesicht thronte ihr graumeliertes kräftiges Haar, altmodisch frisiert und dauergewellt — eine Locke neben der anderen.

"Moin ...?", klang es fragend aus ihrem Mund, während sie angestrengt in ihrem Gedächtnis kramte, ob sie die Frau kannte.

Wie üblich stellte sich die Beamtin vor und begann dann mit der Befragung. Der Sohn blieb dreist und mit aufgesperrten Ohren neben seiner

Mutter stehen, bereit jedes einzelne Wort in sich aufzusaugen.

"Sie waren eine der wenigen regelmäßigen Patientinnen von Dr. Papadopoulos und haben demnach auch die Ermordete gekannt. Vielleicht können Sie mir Ihren persönlichen Eindruck von den beiden schildern?", fragte Lina drauflos.

"Hm, jo!" Frau Neemann hatte einige Schwierigkeiten ihre Aussage auf Hochdeutsch zu formulieren, deshalb hielt sie einen Moment nervös inne.

"De Herrn Dokter is een feener Mann un een gooten Arzt. Sin Salbe un Medizin hülft werklich bestens. He het güldige Hannen, we mer so sägt. Ever sin Fru! Harjesses - wor dat een Luder! Reenlich wor se jo, ever een Quasselstripp, säg ük Se Fru Kommissor. Un ük künnt se fas net verstan, wegen derem Dialekt. Se wor ut Bayern, het se sägt, glöb ük. Nee, Onno?"

Die Hauptkommissarin erfuhr im Laufe einer halben Stunde unter größter Anstrengung und Konzentration im plattesten Hochdeutsch, dass Maria Papadopoulos wegen ihrer Geschwätzigkeit und offenherzigen Kleidung nicht so richtig in den kleinen Ort gepasst habe.

Da sie ihren süddeutschen Dialekt nicht verbergen konnte und andererseits kein Plattdeutsch verstand, gab es starke Kommunikationsprobleme mit den Einheimischen.

Der Doktor selber verhielt sich immer vorbildlich und korrekt. Einmal wollte Frau Neemann jedoch eine kleine Meinungsverschiedenheit zwischen ihm und seiner Frau beobachtet haben. Was die Ursache war, hatte sie leider nicht verstanden.

"Se is dann brastig abzogen un het noch so met ehren Moors wackelt", schilderte die Frau plastisch den Ausgang der Streitigkeit, wobei sie selbst mehrere lächerliche Hüftschwünge vollführte.

Onno Neemanns Augen blitzten plötzlich, und er mischte sich ein: "Jo, dat kunnt se goot! Se het mi mol Blootdruck messen sulln. Do het se ok so wackelt mit ehrn Titten d'rekt for min Oogen, hen un her un weer hen un her. De Blootdruck klattert höger un höger bis uf Tweehunnert. Un mi jökt dat verflixt in de Fingers. Do heb ük hör an Moors grapst. Mit een mol het se mi en Backs geven, dat et nur so scheppert! Dat kann een Kerl ever ok bannig ereteern, wenn en Fru sich so upföhrn deit."

Lina musste sich das Lachen verkneifen, bei der Vorstellung, dass sich der junge Mann für seine Handgreiflichkeiten von der zierlichen Arztfrau eine saftige Ohrfeige eingefangen hatte.

So leichtfertig, wie die Leute die Tote hier einschätzten, schien sie offenbar doch nicht gewesen zu sein. Oder die Hauptkommissarin hatte bisher nicht die richtigen Gesprächspartner getroffen. Vielleicht hätte sie doch besser die männlichen Patienten auch selbst befragen sollen, anstatt sie Menke und Groothuusen zu überlassen.

Vorsichtshalber stellte Lina Eichhorn noch fest, wann Mutter und Sohn Neemann die Arztfrau zuletzt gesehen hatten. Aber das lag nach deren Angaben schon Wochen bzw. Monate zurück und war für den Mord scheinbar ohne Relevanz.

"Ich danke Ihnen für Ihre bereitwillige Mitarbeit. Drücken Sie uns die Daumen, dass wir den Mörder bald fassen", verabschiedete sich Lina von den beiden und trat den Rückweg an.

Cafébekanntschaft

Ihr war nach Kaffee und Kuchen, deshalb betrat sie kurzerhand ein kleines gemütliches Café, das auf ihrem Weg lag. Es begann schon dunkel zu werden und drinnen brannten auf den Tischen niedliche Öllämpchen mit kleinen Glaszylindern.

Lina setzte sich an einen leeren Tisch, auf ein geblümtes ostfriesisches Küchensofa und erwartete die Bedienung. Der in mehrere Nischen unterteilte Raum ließ sich nicht völlig überblicken. Den fehlenden Geräuschen nach zu urteilen, war sie aber der einzige Gast.

Endlich erschien eine freundliche Serviererin mit kleinem weißen Schürzchen und Spitzenhaube. Sie nahm zügig die Bestellung auf und kam ebenso schnell mit einer Portion Kaffee und einem Stück warmem Apfelstrudel mit Vanilleeis zurück.

"Guten Appetit, Frau Kommissarin", wünschte sie lächelnd und stellte alles ordentlich auf den Tisch.

Lina bedankte sich und machte sich über den Strudel her, wie ein hungriger Wolf. Dabei fiel ihr nachträglich auf, dass sie sich gar nicht vorgestellt hatte. Woher wusste die Kellnerin, wer sie war?

Ihr Bild konnte frühestens morgen in der Heimatzeitung erscheinen. Wie üblich in diesen kleinen Orten, war die „Nachbarschaftspost" schon schneller gewesen.

"Moin, Moin!" Ein älterer Herr mit langem weißem Bart, schnieke gekleidet wie ein Bankangestellter, betrat das Café. Ohne große Umschweife steuerte er Frau Eichhorns Tisch an und fragte in recht leidlichem Hochdeutsch mit ostfriesischem Akzent, ob er Platz nehmen dürfe.

"Wussten Sie, dass man den durchschnittlichen Deutschen daran erkennt, dass er sich in einem Restaurant oder Café gewöhnlich an einen freien Tisch setzt? Im Ausland werden Sie diese Verhaltensweise nur selten erleben", begann der Mann zu plaudern.

Die Hauptkommissarin schmunzelte.

"Dann sind Sie offenbar kein Durchschnittsmensch oder kein Deutscher?"

"Oh, entschuldigen Sie meine unverzeihliche Unhöflichkeit!"

Er erhob sich so geschmeidig wie es die alten Knochen zuließen von seinem Stuhl, deutete eine leichte Verbeugung an und stellte sich vor: "Dr. Mürkerhofer, Gregorius Mürkerhofer, Studienrat im wohlverdienten Ruhestand!"

Während er eine lange weiße Haarsträhne aus seiner Stirn strich, sah er Lina erwartungsvoll an.

Sie reichte ihm amüsiert ihre Rechte und antwortete keck: "Angenehm! Hauptkommissarin Eichhorn bei der wohlverdienten Kaffeepause!"

Die Kellnerin unterbrach das Geplänkel.

"Herr Mürkerhofer bekommen Sie das Gleiche wie üblich?"

"Ja, ja, selbstverständlich, meine Liebe", antwortete der Alte zuckersüß.

Als das junge Mädchen verschwunden war, wandte er sich flüsternd an Lina: "Wissen Sie, ich bin hier seit Jahren Stammgast, aber denken Sie die könnten sich meinen Doktortitel merken? Na, man darf von diesen dummen Mädchen nicht zu viel erwarten. Ich habe ehemals nur Gymnasiasten unterrichtet. Das war doch eine andere Welt!"

Die Serviererin brachte ein Stövchen, eine Teekanne, ein Kännchen heißes Wasser, ein paar Kekse, eine zierliche Porzellantasse, passend dazu ein Schälchen mit dicken weißen Kandisstücken und ein kleines Sahnekännchen mit einer silbernen Miniaturschöpfkelle. Sie zündete das Teelicht an und stellte die Metallkanne mit dem Teesud auf das Stövchen, dann nickte sie den beiden Gästen zu und verschwand.

"Der Tee muss noch ziehen", erklärte der pensionierte Studienrat.

Dann erzählte er ungefragt alles was er jemals über den ostfriesischen Tee gehört oder gelesen hatte. Lina fühlte sich nach einer Weile beinahe wie auf einem Teeseminar und schon leicht genervt. Dieser Mensch musste einen unendlichen Mitteilungsdrang haben — vermutlich fehlten ihm seine Schüler.

Schließlich hatte sein Tee lange genug gezogen und er begann mit der Tee-Zeremonie. Dabei stand sein Mund aber keineswegs still, sondern er unterstrich mit genauen Erklärungen und einer nervig belehrenden Stimme jede seiner Handlungen.

Er legte ein Stück Kluntje in das dünnwandige mit Rosenmuster bemalte Tässchen und goss den dampfenden Tee darüber. Der Zucker knisterte geheimnisvoll in der heißen Flüssigkeit, während Dr. Mürkerhofer eine winzige andächtige Sprechpause einlegte. Dann ließ er aus der Sahnekelle vorsichtig mit leicht zitternden Fingern ein wenig von dem süßen Rahm in das braune Getränk gleiten.

"Sehen Sie die kleine weiße Wolke? ' Wülkje' nennt man sie hier. Sie steigt langsam an die Oberfläche und rundet den bittersüßen Geschmack der starken Assam-Mischung ab. Sie sollten den Tee auf diese Art probieren — er überzeugt selbst eingefleischte Kaffeetrinker, das können Sie mir glauben!"

"Ich werde es bei Gelegenheit testen", lachte Lina.

"Machen Sie mir die Freude, Sie am Wochenende zu einer Portion Ostfriesentee einzuladen! Ich könnte Ihnen bei dieser Gelegenheit einen kleinen Streifzug durch die Geschichte der Herrlichkeit Dornum bieten und Ihnen unsere Sehenswürdigkeiten zeigen", bettelte der Alte förmlich.

"Eigentlich bin ich nicht zu meinem Vergnügen hier ...", versuchte sie auszuweichen.

"Aber natürlich der Mordfall! Der ist ja in aller Munde. Trotzdem werden Sie doch mal ein bis zwei Stündchen pausieren dürfen? Ich dachte immer, dass die Leute von der Mordkommission nur in den Fernsehfilmen dauernd Überstunden machen. - Sagen wir am Sonntagnachmittag um drei Uhr am Schloss, einverstanden?", drängte er bittend.

"Na, gut! Sie haben gewonnen! Vielleicht sollte ich das weitere Umfeld, in dem dieser Mord geschehen ist, wirklich etwas besser kennenlernen." Die Hauptkommissarin gab sich im Grunde nur geschlagen, weil ihr der einsame tüttelige Studienrat Leid tat.

Dann sah sie erschreckt auf die Uhr und stellte fest, dass es schon fast halb Sechs war.

"Jetzt muss ich mich aber verabschieden. Meine Pause ist zu Ende und ich habe noch einiges zu erledigen." Sie stand auf, legte das Geld auf den Tisch und griff nach Schal und Mantel.

Dr. Mürkerhofer war ihr beim Anziehen auf derart umständliche Art behilflich, dass er dabei versehentlich ihre Brust berührte. Sie sah es dem alten Herrn nach und trat ohne ein Wort darüber zu verlieren, durch die von ihm höflich aufgehaltene Tür nach draußen.

Erstes Resümee

Die kalte Dunkelheit umfing sie wie ein Schock.

Genau solche Wechselbäder hielt ihr Beruf auch ständig für sie bereit. Aus ihrem relativ harmonischen Privatleben wurde sie permanent in die moralischen Abgründe des eiskalten Verbrechens gezerrt.

Sie beschleunigte ihren Schritt, den Blick unverwandt am Boden, um noch lauernden gefährlichen Eisflächen auszuweichen, und erreichte die Polizeistation nach etwa fünfzehn Minuten.

Schon beim Öffnen der Haustür hörte sie Menke und Oldewurtel auf Plattdeutsch debattieren. Sie verstand kein Wort. Allmählich wurde ihr klar, dass die Einheimischen mit ihr langsamer und akzentuierter sprachen als untereinander, auch wenn manche des Hochdeutschen nicht richtig mächtig waren. Sie bedankte sich nachträglich innerlich dafür und schaute vorsichtig ins Dienstzimmer.

"Guten Abend, die Herren! Na, was gibt's Neues?"

Mit steifen Fingern knöpfte sie ihren Mantel auf und versuchte die feuchte Kälte abzuschütteln.

"Oh, Fru Hauptkommissär! Dat is for Se afgäven worn. Hen Se woll vergäten!" Oldewurtel reichte ihr breit grinsend ihren völlig ruinierten Knirps über den Tisch.

Lina war ziemlich verdattert und starrte den kaputten schmutzigen Schirm nur wortlos an. Anscheinend wusste hier vom ersten Augenblick an jeder immer ganz genau, was sie tat und wo sie sich aufhielt.

Da Menke wie unter einem Lachanfall zu husten begann, riss sie sich zusammen, ergriff kurzerhand ihr wertloses Eigentum und verzog sich damit in ihr Büro. Hier steckte sie den Schirm wütend in den Papierkorb, hängte den feuchten Mantel auf einen Bügel an den Schrank und setzte sich energisch an den Schreibtisch.

Menke kam ins Zimmer.

"Hatten Sie bei den Befragungen Erfolg? Groothuusen ist noch nicht zurück. Er hat mich aber schon über ihre gelungene Hausdurchsuchung informiert."

Lina sah ihn etwas verunsichert an. War da tatsächlich ein freundlicher Tonfall in seiner Stimme?

"Ja, ich habe die beiden Damen angetroffen. Es lässt sich aber nichts besonders Interessantes aus deren Angaben entnehmen. Maria Papadopoulos hatte zwar nicht nur Freunde — besonders unter der weiblichen Bevölkerung — aber das geht wahrscheinlich jeder gutaussehenden Frau so. Ein zwingendes Mordmotiv kann ich darin nicht erkennen. Ob ihr Ehemann vielleicht begründeten Anlass zur Eifersucht gehabt haben könnte, ist leider ebenfalls noch unklar. - Haben Sie neue Erkenntnisse?"

Menke setzte sich leger auf die Schreibtischkante und sah sie ernst an.

"Wie man es nimmt. Das Schietwedder hat mich natürlich heute ziemlich gehandikapt. Aber die Befragungen konnte ich glücklicherweise durchführen." Er zog einen Zettel aus seiner Jackentasche, auf dem er sich einige Notizen gemacht hatte.

"Welche Personen haben Sie vernommen", fragte die Hauptkommissarin, während sie die Karteikarten zur Hand nahm.

"Johann Janssen und Frerich Eilts, beide sind schon ältere Semester. Sie waren mit dem Arzt ganz leidlich zufrieden und schilderten ihn als umgänglichen Menschen. In Wahrheit kamen sie aber nur wegen Frau Papadopoulos regelmäßig in die Praxis. Sie soll so aufreizend gewesen sein, dass sie den alten Herren häufig Herzklopfen und sogar schlaflose Nächte bescherte. Leider hat der Marilyn-Monroe-Verschnitt keinen von den beiden an sich 'rangelassen, obwohl sie ihr sogar kleine Geschenke mitbrachten."

Der Kommissar lachte feixt. "Als Mörder kommen die wohl kaum in Frage. Der eine ist klein, dünn und klapprig, der andere sitzt im Rollstuhl."

"So, dann wissen wir im Grunde genommen noch nicht viel Neues! Wenn uns der Papadopoulos nicht bald ins Netz geht, sehe ich für die Aufklärung des Falles Schwarz. Der kann doch mitsamt seinem Wagen nicht einfach von der Bildfläche verschwunden sein. Haben wir noch keine Nachricht von Interpol?"

Lina Eichhorn mischte nervös die Karteikarten und sah ihren Mitarbeiter fragend an.

"Nee, aber von oben bekommen wir jede Menge Druck! Ob denn der Ehemann als Mörder in Frage kommt, wollen die unbedingt wissen. Ich habe sie erst einmal auf die noch ausstehenden Gen-Analysen vertröstet", erklärte Menke scheinbar gelassen.

"Das war prima. So haben wir wenigstens einige Tage Ruhe." Lina schaute auf die Uhr. "Oh, ich muss gleich nochmals zum Tatort. Ich habe den Apotheker gebeten, die Medikamente aus der Praxis in sichere Verwahrung zu nehmen. Die Möbel sollen nämlich morgen abgeholt werden, weil die Leasing-Raten nicht bezahlt wurden."

"Meinen Sie, wir können dem zustimmen? Dadurch werden eventuell wichtige Spuren beseitigt!" Kriminalkommissar Menke klang besorgt.

"Ich habe es mir reiflich überlegt. Die Tatortuntersuchungen sind ohnehin abgeschlossen. Außerdem haben wir notfalls die Fotos. Und wenn Groothuusen und Oldewurtel die ganze Aktion überwachen und alle Gegenstände aus den Schränken ordentlich in Kartons gepackt werden, kann uns eigentlich nichts passieren. Vielleicht finden wir sogar noch das eine oder andere hilfreiche Indiz."

Sie sah ihn forschend an um festzustellen, ob er ihre Meinung teilte.

"Okay, Sie sind der Boss! Ich werde Hilko und Hinni informieren, während Sie die Angelegenheit mit dem Apotheker abklären. Er muss uns Bescheid geben, wenn die Möbelpacker auftauchen."

Menke erhob sich mit einem sportlichen Sprung und verschwand schnurstracks im Dienstzimmer. Lina ärgerte ein wenig, dass er dabei keineswegs lächerlich wirkte.

Verdachtsmomente

Apotheker Walter Piefke wollte gerade sein Geschäft schließen, als Lina Eichhorn erschien.

"Guten Abend, Frau Eichhorn, Sie sind ja erfreulich pünktlich! Treten Sie ein. Ich muss die Apotheke jetzt abschließen."

Während er die Türen und das Schaufenster absicherte und die Alarmanlage einschaltete, plauderte er munter weiter und fragte wie beiläufig auch nach dem Stand der Ermittlungen.

"Es gibt leider noch keine neuen Erkenntnisse, aber wir arbeiten fieberhaft, um den Fall schnell zum Abschluss zu bringen", redete sich die Hauptkommissarin heraus.

"Ist es nicht vielleicht möglich, dass sie von einem Einbrecher oder einem Lustmörder getötet wurde, der jetzt die Gegend unsicher macht? Ich meine damit: Müssen wir uns Sorgen machen, dass der Mörder von Maria Papadopoulos nochmals zuschlägt?"

Piefke sah sie ehrlich besorgt an. Seine durchdringend blauen Augen waren erschreckt geweitet. Ein Held schien dieser Mann offensichtlich nicht zu sein.

"Es gab keinerlei Anzeichen dafür, dass jemand gewaltsam in das Haus eingedrungen ist. Die Schlösser und sämtliche Scheiben waren unbeschädigt. Außerdem, wem, außer ihrem Ehemann, hätte Frau Papadopoulos sich in solch einem durchsichtigen Negligé zeigen sollen?", dachte Lina laut nach.

Der Apotheker wechselte spontan das Thema. Verklemmt schien er also auch zu sein.

"Wir können die Medikamente jetzt holen. Ich nehme diesen stabilen Karton mit. Meinen Sie, dass der groß genug ist?"

Frau Eichhorn stimmte zu und folgte ihm aus dem Hintereingang zum Nachbarhaus.

Als sie die Praxis betraten und die Hauptkommissarin das Licht anknipste, wurde Walter Piefke plötzlich leichenblass. Kleine glitzernde Schweißperlen traten ihm auf die Stirn, als er den Kreideumriss am Boden sah. Hastig machte er sich daran, die Medikamente aus dem Arzneischrank in den Karton zu packen.

Lina beobachtete seine fliegenden Bewegungen, aus der anderen Ecke des Raumes, wo sie sich vorgeblich am Bücherregal zu schaffen machte. Es wäre möglich, dass das Bewusstsein, sich an dem Ort einer schrecklichen Bluttat zu befinden, den darin ungeübten Mann so nervös machte. Vorsichtshalber würde Lina ihn aber näher überprüfen.

"Oh, das sind ja interessante Bücher! Er besitzt beachtlich viele Bände über Psychologie und sogar Philosophie. Das ist allem Anschein nach ein praktischer Arzt, der über den Tellerrand hinaus schaut", bemerkte Hauptkommissarin Eichhorn wie in Gedanken.

"Ja, wie gesagt, anfangs war ich auch ganz begeistert davon, einen gebildeten Nachbarn zu haben", griff Piefke ihren Gedanken auf. "Später zeigte er dann sein wahres Gesicht. Im Grunde ist er eine kleinkarierte Krämerseele. Nicht mal das Geld für ordentliche Zeitschriften in seinem Wartezimmer wollte er ausgeben. Dabei weiß doch jeder, dass die Patienten bei entsprechender Lektüre gern mal etwas länger warten. Er legte nur diese kostenlosen Informationsbroschüren vom Gesundheitsministerium oder der Pharmaindustrie aus und manchmal eine seiner alten Gourmet-Zeitschriften. Da brauchte er sich über unzufriedene Patienten nicht zu wundern."

Der Apotheker redete jetzt wie ein Wasserfall. "Seine Frau hat ja versucht zu retten, was noch zu retten war. Sie nahm sich immer besonders viel Zeit für die Patienten. Aber was konnte sie schon tun, wenn er alles mit seinem fetten Hintern umriss, was sie aufbaute?"

Lina wunderte sich über diese Version der Geschichte, unterschied sie sich doch merklich von allem, was ihr bisher zu Ohren kam.

"Ach, dann war die Ermordete genauso tüchtig wie hübsch?", fragte sie hinterlistig.

Der Apotheker schloss den Karton ohne zu antworten. Er war zu intelligent, um in diese subtile verbale Falle zu tappen.

"Ach, Sie wissen ja, dass ich die beiden nicht sehr gut kannte. Das meiste weiß ich nur aus den Beschwerden meiner Kunden. - Ich habe alles eingepackt. Kann ich dann jetzt gehen oder benötigen Sie meine Hilfe noch? Meine Frau wartet nämlich mit dem Abendbrot auf mich."

"Ich danke Ihnen. Sie haben mir wirklich sehr geholfen, Herr Piefke. Ich will Sie auch nicht länger aufhalten, als unbedingt nötig, aber da wäre noch eine Sache."

Sie sah den schlanken Mann im weißen Kittel so durchdringend an, dass der erneut zu schwitzen begann. "Morgen werden die Praxismöbel abgeholt. Unsere Leute müssen unbedingt dabei sein. Würden Sie uns bitte telefonisch benachrichtigen, wenn der Möbelwagen von der Leasing-Firma vorfährt?"

Dem Apotheker plumpste fühlbar ein riesiger Stein vom Herzen. Er lächelte befreit und sagte erleichtert seine Hilfe zu. Dann machte er sich schleunigst mit dem schweren Karton davon, als sei er auf der Flucht.

Lina setzte sich in den bequemen Arztsessel und drehte ihn langsam hin und her. Sie ließ ein letztes Mal die geschulten Augen misstrauisch über den Tatort gleiten. Ihre Überlegungen gingen jedoch eigene Wege.

Was konnte der gutbürgerliche Walter Piefke mit dem Fall zu tun haben? Er schien irgendetwas vor ihr zu verbergen. Vielleicht sollte sie noch andere Nachbarn befragen. Man konnte nie wissen, welche Variationen der Beziehung zwischen ihm und dem Arztehepaar man dort zu hören bekam.

Sie beschloss ihre Vermutungen nächstens mit Menke durchzusprechen, er kannte die Menschen hier besser und konnte ihr vielleicht bei derartigen Recherchen hilfreich sein. Dann erhob sie sich aus dem Ledersessel und verließ das Behandlungszimmer.

Ehe sie sich anschickte, ins Hotel zurückzukehren, warf sie noch einen kurzen Blick in den Praxiscomputer. Aber auch dort fand sich nichts Verdächtiges. Der größte Teil der Festplatte war leer. Viel zu verwalten gab es bei der geringen Patientenzahl natürlich auch nicht.

Mordkonstruktionen

Da sie absolut keinen Hunger verspürte, ging Frau Eichhorn gleich auf ihr Zimmer. Sie wollte in Ruhe mit ihrer Tochter reden, denn der Zustand ihres Vaters besorgte sie noch immer sehr.

"Eichhorn!", meldete sich ihr Vater mit garstiger Stimme selbst am Telefon.

"Hallo, Big Boss! Ach, du bist bei uns zu Hause? Geht es dir besser?", fragte sie vorsichtig.

"Nun tu doch bloß nicht so unschuldig, Eichhörnchen! Du warst doch an dem Komplott beteiligt! Lüg mich ja nicht erst an — ich krieg doch alles 'raus", schimpfte der pensionierte Kriminalbeamte sie aus wie ein kleines Kind.

"Aber, Big Boss, reg dich doch nicht so auf! Du weißt, das ist Gift für dein schwaches Herz ...", versuchte Lina ihn zu beruhigen.

Aber er fiel ihr laut schnaubend ins Wort: "Ich sag dir gleich, was schlecht ist für mein schwaches Herz! Lässt deinen alten kranken Vater allein mit einem geistesgestörten Schwulen, der den ganzen Tag Affenmusik hört und einem Kind, das sich erwachsen vorkommt. Dabei soll man nun gesund werden!" Er machte eine kleine Pause und sog die Luft laut rasselnd in seine angegriffenen Lungen.

"Was macht übrigens dein Mordfall?", fragte er nach einem Hustenanfall schon merklich ruhiger und äußerst neugierig.

Lina war froh, dass er wieder echtes Interesse an ihrer Arbeit zeigte. Das ließ die Hoffnung auf seine baldige Genesung in ihr aufkeimen. Ausführlich schilderte sie den Fall und die bisherigen Erkenntnisse.

"Irgendwie weigert sich etwas in mir, den verschwundenen Ehemann als den Täter anzusehen. Kannst du dir vorstellen, dass er mit seiner Frau einen derart intensiven Geschlechtsverkehr hat und sie anschließend umbringt?", fasste sie ihre Überlegungen zusammen.

"Und wenn sie nicht mit ihm geschlafen hat, sondern mit einem Geliebten? Dann hättest du dein Motiv! Der Doktor ist finanziell ruiniert. Er weiß, dass seine Praxiseinrichtung demnächst abgeholt und ihm das Haus gekündigt wird. In dieser Situation betrügt ihn seine schöne junge

Frau — das einzige was ihm geblieben ist ...", spann der ehemalige Kommissar das Konstrukt.

"Du glaubst, er hätte es nötig gehabt zur Schere zu greifen? Das ist nicht unbedingt ein Mordinstrument der Ärzte. Da gibt es andere, feinere schlecht nachweisbare Methoden für einen guten Mediziner, um jemanden auf ewig loszuwerden." Die Hauptkommissarin wirkte äußerst skeptisch.

"Affekttäter überlegen nicht, welche Folgen ihre Handlungen haben. Wenn er seine Frau bei einem Schäferstündchen in der Praxis überraschte? - Da liegt irgendwo diese große Schere herum. Er ergreift sie und sticht in blinder Wut mehrfach zu. - Als er seine Wahnsinnstat begreift, wird ihm klar, dass er die Spuren beseitigen und schnellstens verschwinden muss. Er wäscht die Schere sauber ab und legt sie unauffällig in eine Schublade im Labor, weit genug vom Tatort entfernt. Dann taucht er im Ausland unter. Als gebürtiger Grieche ist das für ihn wahrscheinlich nicht besonders schwierig. Vielleicht bekommt er sogar Hilfe von seinen Verwandten." Der Alte triumphierte, als habe er soeben den Mordfall aufgeklärt.

"Nur deckt sich deine Konstruktion leider nicht mit dem Charakterprofil, welches die Befragten dem Arzt gaben. Demnach soll er nicht jähzornig oder grob sein, aber geschäftsuntüchtig, verträumt und weichlich. Seine lebenslustige Frau wickelte ihn wahrscheinlich spielend um den Finger. Und ich vermute, dass sie die Hosen anhatte. Wenn er sie umgebracht hätte, müssten wir jetzt vielleicht nach einer weiteren Leiche suchen. Denn jemand wie er hätte sich in dieser ausweglosen Lage vermutlich anschließend selbst gerichtet", widersprach die Tochter dem Vater.

"Gar nicht so übel, deine Theorie! Wahrscheinlich ist er deshalb wie vom Erdboden verschluckt, weil er längst nicht mehr lebt. Wenn er seinen Wagen in ein abgelegenes Gelände gefahren und sich dann mit einem schnell wirkenden Gift umgebracht hat, könnt ihr suchen bis ihr schwarz werdet." Der Pensionär kicherte übermütig und musste zur Strafe gleich wieder husten.

Frau Eichhorn nahm an den Hintergrundgeräuschen wahr, dass Carina offensichtlich das Zimmer betreten hatte.

"Sprichst du mit Lina? Gib mir bitte mal den Hörer!", hörte sie ihre Tochter sagen. Dann gab es ein kleines Gerangel, weil der alte Mann sich dagegen wehrte, den Telefonhörer zu übergeben. Schließlich gewann Carina aber den Kampf.

"Lina? Hat Big Boss dir alles erzählt?" Es schwang ein verzweifelter Unterton in der Stimme der Tochter.

"Nein, Liebes! Er hat mich nur ausgeschimpft und dann haben wir über den Fall gesprochen", erklärte die Mutter.

"Ich hab 'ne Beule in den Wagen gemacht. Aber bevor du nun meckerst — Es war Opas Schuld! Er hat mir beim Überholen ins Lenkrad gegriffen. Opa traut mir einfach nicht zu, dass ich Autofahren kann!", jammerte Carina.

Die Stimmung musste zwischen den beiden auf dem Nullpunkt sein, wenn sie ihn "Opa" nannte.

"Nun beruhige dich mal wieder. Ich schimpfe auch ganz bestimmt nicht. Ein Blechschaden lässt sich reparieren. Gut, dass euch beiden nichts passiert ist. Fahre aber lieber nicht mehr mit Big Boss in der Gegend herum. Der Arzt kann auch ins Haus kommen. Und sorge möglichst dafür, dass der alte Starrkopf die Medizin nimmt und etwas isst. Ich hoffe, dass ich sehr schnell wieder zu Hause bin.", beschwichtigte Lina ihre verstörte Tochter.

"Der ist stur wie ein alter Esel! - Ja, das kannst du ruhig hören, Opa! - Ich hoffe, dass wir ihn bald auf die Beine bringen. Wenn nur sein Wille gesund zu werden wenigstens halb so groß wäre, wie sein Starrsinn!"

Carina zeterte richtig. Da schlug wieder einmal das Temperament ihrer italienischen Großmutter durch. Aber Lina gelang es, sie zu besänftigen und das Telefonat so zu einem einigermaßen beruhigenden Abschluss zu bringen. Anschließend rauchte ihr jedoch gewaltig der Kopf.

Da sie auf ihrem Zimmer keine Ruhe fand, setzte sie sich noch für eine Weile hinunter in die Gaststube und trank mit der Wirtin zwei Gläser ausgezeichneten Kalifornischen Rotwein. Danach hatte sie die richtige Bettschwere.

Veränderungen

Als Lina Eichhorn am nächsten Morgen erwachte und gähnend aus dem Fenster blickte, hatte sich die Landschaft ringsum verändert. Die Natur hüllte sich in einen üppigen frischen Schneemantel und auch die roten Ziegeldächer trugen entzückende weiße Hauben. Der Himmel war nur noch leicht bewölkt und gab der befreit strahlenden Morgensonne eine Chance.

Lina öffnete das Fenster einen kleinen Spalt, um den bekannten kühlen Duft von Neuschnee in sich einzusaugen. Sie bedauerte, dass sie sich nicht im Urlaub in der Schweiz, sondern in einem kleinen ostfriesischen Küstenort mitten in der Aufklärung eines Mordfalles befand. Weder innerlich noch äußerlich war sie im Augenblick auf Schnee eingestellt. Mit ihren Schuhen würde sie bei diesen Witterungsverhältnissen nicht weit kommen. Also beschloss sie vor Dienstbeginn einen kleinen Einkaufsbummel zu wagen.

In Dornum gab es eine Reihe von Geschäften. Zwar war das Warenangebot nicht besonders vielfältig und zeichnete sich durch überhöhte Preise aus, doch notfalls bekam man alles vor Ort.

Frau Eichhorn freute sich über die zuvorkommende Bedienung, die sie aus den großen Kaufhäusern in Oldenburg nicht gewöhnt war. Sie probierte in aller Ruhe sämtliche derben Winterschuhe an, die es in Größe neununddreißig gab und fand sogar etwas Passendes. Anschließend musste sie zwangsläufig ihr übriges Outfit angleichen.

Also besorgte sie sich warme knallenge schwarze Jeans, einen handgestrickten umwerfend schönen bunt gemusterten Pullover und eine wattierte sündhaft teure Jacke in der Grundfarbe Königsblau. Sie zog alles sofort an und ließ sich die ursprüngliche Garderobe einpacken. Im Vorbeigehen auf dem Weg zum Revier, erstand sie noch eine bildhübsche Wollmütze und passende Strickhandschuhe.

Als die völlig veränderte Hauptkommissarin das Dienstzimmer kurz vor Mittag betrat, erkannten sie ihre Kollegen fast nicht. Groothuusen fiel die Kinnlade auf die Brust, Oldewurtel rückte verwirrt seine Zeitung zur Seite und Menke stieß einen erstaunten Pfiff aus.

"Oh, unsere Frau Hauptkommissarin sieht aber proper aus, genau wie eine Urlauberin! So wird sie bestimmt keinerlei Aufsehen erregen", frotzelte der Kommissar.

"Erst einmal 'Guten Morgen'! - Oder 'Moin, Moin', wie Sie so schön sagen."

Lina Eichhorn öffnete unbeeindruckt den Reißverschluss der Jacke und nahm die bunte Mütze vom Kopf. Dann fuhr sie mit den gespreizten Fingern durch ihre Locken, um die Frisur wieder aufzurichten.

"Gibt es irgendeine Neuigkeit?"

"Interpol ist auf seiner Spur!", brüllte Groothuusen vorlaut in den Raum.

Rudolf Menke wedelte mit einem Fax in der Hand und reichte es an seine Chefin weiter. Im gleichen Moment klingelte das Telefon. Der Apotheker meldete die Ankunft des Möbelwagens. Sofort machten sich der Wachtmeister und der Anwärter auf den Weg zum Tatort. Menkes gute Ratschläge begleiteten die beiden zur Tür hinaus.

Die Hauptkommissarin begab sich an ihren Schreibtisch und studierte, was Interpol über Dr. Papadopoulos herausgefunden hatte. Man vermutete ihn bei seiner achtzigjährigen Mutter in der Nähe von Athen und hoffte, ihn spätestens Samstag nach Deutschland überführen zu können.

Menke betrat nach Verabschiedung der Kollegen lautlos die Kommandozentrale und stellte sich hinter seine Chefin.

"Sind das nicht gute Nachrichten, Frau Eichhorn? Oder darf ich Sie auch Lina nennen? - Ich heiße übrigens Rudolf!"

Die Kriminalistin zuckte etwas zusammen, weil der Bericht ihre ganze Aufmerksamkeit gefesselt hatte. Sie nickte aber zustimmend, wenn auch etwas geistesabwesend.

"Sagen Sie, Rudolf", brach sie nach einer Weile das eingetretene Schweigen, "wie bekommen wir etwas über das Verhältnis zwischen dem Arztehepaar und dem benachbarten Apotheker nebst Gattin heraus?"

"Warum? Haben Sie einen bestimmten Verdacht?"

Es schien Menke überhaupt nicht zu behagen, dass die Hauptkommissarin sich um andere Personen, als den flüchtigen Quacksalber kümmerte.

"Nein, nichts Bestimmtes. Es ist nur so ein Gefühl, dass die Leute etwas vor uns verbergen. Ich würde eben gern von anderer Seite dazu eine Meinung hören. Glauben Sie, dass uns irgendwer in der Straße weiterhelfen kann? Mehrere Häuser erschienen mir gänzlich unbewohnt."

Lina stützte sinnend den Kopf in beide Hände und sah ihn schräg von unten an.

"Möglicherweise könnte man irgendwelchen Tratsch erfahren. Die Menschen in den kleinen Orten wissen eigentlich alle immer bestens über ihre Nachbarn Bescheid. Nur wüsste ich wirklich nicht, was der Aufwand soll! Nur wegen eines vagen Gefühls ...?"

Rudolf Menke zuckte die Achseln und schob die Unterlippe geringschätzig vor.

"Wollen wir nicht lieber das Verhör des Quacksalbers abwarten?"

Lina erhob sich und trat ans Fenster. Sie sah in den plötzlich viel freundlicher wirkenden weiß gepuderten Garten hinaus, schoppte den weiten

Pullover und steckte beide Hände lässig in die Hosentaschen.

Der Kommissar betrachtete ungeniert ihren knackigen Hintern, der sich in der hautengen Jeans verführerisch abzeichnete.

Sie weiß ihre Reize verflucht geschickt einzusetzen, dachte er und wandte sich mit vollkommen einander widersprechenden Gefühlen von ihr ab, um den Raum zu verlassen.

"Bitte tun Sie mir den Gefallen und begleiten Sie mich zu den Nachbarn. Sie können als Einheimischer besser mit ihnen reden, Rudolf."

Da war dieser zuckersüße Unterton in ihrer Stimme. Und der folgende Augenaufschlag verfehlte diesmal nicht seine Wirkung, weil Rudolf Menke bereits weichgekocht war wie ein Drei-Minuten-Ei.

Um das Revier nicht verwaist zu hinterlassen, mussten die beiden Kriminalbeamten die Ankunft der Schreibkraft abwarten.

Sie beschäftigten sich mit lästigem Papierkram, der nach der einhelligen Meinung beider, im Grunde ohnehin einen viel zu großen Anteil an ihrer Arbeit hatte und stellten gemeinsam Spekulationen über Tathergang und -motiv an.

Zwischendurch besorgte Menke Pizza, damit sie nicht verhungerten. Sie aßen einträchtig zusammen. Rudolf hockte dabei wieder auf Linas Schreibtisch und stahl ihr sogar keck eine Olive vom Teller. Die Stimmung war endlich so, wie sie zwischen guten Kollegen sein sollte.

Frauke Nanninga erschien pünktlich um vierzehn Uhr. Sie war eine nichtssagende kleine grauhaarige Frau um die Fünfzig, die man schwer einschätzen konnte.

Als die Hauptkommissarin sich vorstellte, huschte nur ein knappes Lächeln über ihr fades Gesicht und die Begrüßung fiel ähnlich karg aus. Lina bemerkte jedoch, dass die Sekretärin Rudolf Menke richtiggehend anschmachtete. Sie erbot sich sogar, frischen Kaffee oder Tee zu kochen. Doch aus der gemütlichen Kaffeepause konnte leider nichts werden. Sie mussten sofort aufbrechen.

Kommissar Menke schlurfte im olivgrünen Parka neben seiner nagelneu eingekleideten Chefin her, die sich in dieser winterschlafenden Gegend wie ein Paradiesvogel ausnahm.

"Ich schlage vor, wir fangen bei meiner Tante Frieda an. Die ist eine alte Kapitänswitwe und wohnt seit ich denken kann auf der Parallelstraße zum Tatort. Ihr Garten grenzt rückseitig an den des Arztes und des Apothekers", schlug der Kommissar vor.

"Was, Sie haben eine Tante in unmittelbarer Nähe des Tatortes? Warum erfahre ich das erst jetzt?", wurde Lina hellhörig.

"Nun regen Sie sich mal nicht gleich auf! Erstens ist es nur meine Großtante und zweitens sind meine Eltern hier geboren. Was bedeutet, dass ich mit dem größten Teil der einheimischen Bevölkerung irgendwie verwandt bin. Was glauben Sie denn, weshalb man ausgerechnet mich für die SoKo vorgesehen hat? Ich bin doch eigentlich seit Jahren in Aurich tätig."

Menke sah auf seine Füße und vergrub die Hände bis zu den Ellenbogen in den Jackentaschen. Schämte er sich der weltmännischen Hauptkommissarin gegenüber ein wenig, aus diesem kleinen ostfriesischen Ort zu stammen?

"Meine Eltern kamen aus einem Dorf in Süddeutschland. Doch sie zogen schon vor meiner Geburt in die Nähe von Oldenburg, weil die Verwandten ihre Hochzeit verhindern wollten. Außer meiner Liebe zu den Bergen, blieb mir wirklich nichts mehr von dieser Abstammung", lenkte Lina Eichhorn freundlich ein.

Rudolf Menke schwieg einen Moment nachdenklich, dann meinte er lächelnd: "Doch, Ihr Name!"

Sie sah ihn erstaunt an und musste dann herzlich lachen.

"Ja, machen Sie sich nur ruhig lustig über mich. Mein Name wurde seit meiner Kindheit schon ausreichend belächelt und verschandelt. Ich bin so sehr daran gewöhnt, dass ich ihn selbst bei einer Heirat um keinen Preis abgeben würde."

"Ach, jetzt weiß ich endlich, warum eine so aparte Frau wie Sie noch ledig ist. Kein Mann wollte bisher Eichhorn heißen und mit Ihnen im Kobel auf dem Baum hausen!", frotzelte Rudolf breit grinsend.

Doch im nächsten Augenblick klebte ihm eine Ladung Schnee zwischen den Zähnen. Er spuckte und prustete unter Lachen. Ein älteres Ehepaar auf der gegenüberliegenden Straßenseite blieb erstaunt stehen. Der Kommissar wischte sich den Mund mit seinem Taschentuch ab und grüßte verlegen grinsend. An Lina gewandt meinte er drohend: "Warten Sie nur, bis wir unbeobachtet sind, dann seife ich dich so ein, dass du nicht mehr weißt, wo oben und unten ist!"

Sie überhörte, dass er sie duzte, lachte nur und lief ihm einfach davon. Erst vor dem Haus seiner Großtante Frieda holte Rudolf sie ein.

Tante Frieda

Die Tante lebte in einem älteren Gebäude, das jedoch einmal zu den vornehmeren gehört haben mochte. Es erschien recht gut gepflegt. Im Frühling würden wahrscheinlich herrliche Blumen den Vorgarten hinter dem grünweiß gestrichenen Holzzaun zieren. Jetzt häuften sich dort kleine Schneehügel, denn der Fußweg war mittels einer Schneeschaufel seiner weißen Pracht beraubt worden.

Zwei dickvermummte Kinder, die ein Haus weiter einen prächtigen Schneemann bauten, richteten schon ihre begehrlichen Blicke auf das kostbare Baumaterial in Nachbars Garten. Der Kriminalbeamte winkte ihnen fröhlich zu und klingelte dann an Tante Friedas Haustür.

Eine alte Dame, die ohne umzuziehen in dem Filmklassiker ‚*Mit Arsen und Spitzenhäubchen*‘ eine Hauptrolle spielen konnte, öffnete ihnen und war sofort ganz außer sich vor Freude über den unerwarteten Besuch.

"Oh, dat glöw ük jetzt net, de lütje Rolf! Moin, du Bangbüx! Do bin ük heel blied, dik al weer to sehn", fiel sie gleich über ihren Großneffen her und umhalste ihn.

Rudolf Menke befreite sich etwas verlegen aus ihrer Umarmung. Doch bevor er auch nur ein Wort herausbrachte, hatte die Greisin schon Linas Hand ergriffen und schüttelte sie herzlich. Instinktiv wechselte sie ins Hochdeutsche und stellte mit angedeutetem Fragezeichen fest: "Ach, Sie sind dann das mutige Mädchen, das sich demnächst mit diesem Springinsfeld verloben wird?"

"Aber Tante Frieda! Das ist nicht Okka! Darf ich vorstellen: Hauptkommissarin Eichhorn, meine momentane Chefin. Wir sind leider dienstlich hier."

Dem Kommissar war die ganze Situation sichtlich peinlich. Die alte Dame ließ sich jedoch nicht irritieren. Sie bat die beiden in ihre Wohnküche und setzte fröhlich Teewasser auf. Egal welchem glücklichen Umstand sie den Besuch zu verdanken hatte, das musste richtig ausgekostet werden.

Es wurden zwei sehr gemütliche Stunden am warmen Kachelofen aus der geplanten Befragung. Innerhalb dieser Zeit erfuhr Lina Eichhorn einiges aus der Kinderzeit ihres Kollegen, was diesem gar nicht so recht war.

Er saß mit vor Verlegenheit roten Ohren auf dem altmodischen Küchensofa neben einer schlafenden pechschwarzen Katze, trank mehr Tee als ihm schmeckte und kippte zwischendurch noch drei Gläschen aufgenötigten Kirschlikör.

"Ja, ja, er war schon ein ängstliches Kerlchen, der lütje Rolf. Besonders Angst machten ihm große Hunde. Weißt du noch, wie ich den verlausten Köter vom ollen Smitt immer für dich mit dem Stock vertreiben musste?"

Die Augen der Großtante blitzten jung und feurig angesichts der lebhaften Erinnerung, dann schlürfte sie genüsslich an ihrem Likörglas.

Die Katze war bei dem Wort *Köter* plötzlich unruhig geworden und begann sich ausgiebig zu rekeln. Während Menke sie gekonnt hinter den Ohren kraulte, unternahm er einen weiteren verzweifelten Versuch, Tante Frieda zur Sache zu bringen: "Ach, Tantchen, lass es doch jetzt gut sein mit den alten Geschichten. Du langweilst die Frau Hauptkommissarin doch nur. Vielleicht kannst du uns lieber was von den Papadopoulos und den Piefkes erzählen. Du hast viel Zeit und sitzt oft am Fenster oder im Garten. Da sieht und hört man doch so manches, nicht wahr?"

"Du glaubst wohl, ich spionier' die Nachbarschaft aus, Lümmel naseweiser, du!", schimpfte die Alte und stampfte mehrfach ärgerlich mit ihrem Stock auf den Boden.

Dann wandte sie sich jedoch an Lina und begann bereitwillig zu erzählen: "Wissen Sie von dem Mord habe ich ja überhaupt nichts mitbekommen. Ich lag nämlich bis gestern im Krankenhaus. Nichts Ernstes müssen sie wissen, aber die Ärzte wollen ja auch was verdienen. Jedenfalls passiert hier nach Jahrzehnten endlich mal was Aufregendes - und ich bin nicht zu Hause! Da hab' ich mich so sehr erregt, dass die mich doch glatt aus dem Krankenhaus entlassen mussten, sonst hätte mein altes Herz das nicht ausgehalten. Haha! Na, Spaß beiseite! Aber ich machte mir natürlich sofort meine Gedanken, wer denn der Mordbube sein könnte, und warum er es getan hat."

Die beiden Kriminalbeamten erfuhren durch geduldiges Zuhören und intensives Nachfragen schließlich, dass die Piefkes mit dem Arztehepaar anfangs ziemlich intim befreundet waren. Sie feierten häufig gemeinsam im Garten bis in die Nacht hinein, und Dr. Papadopoulos nahm den

Apotheker und seine Gattin sogar einmal in seinen griechischen Heimatort mit.

Warum die gute Beziehung plötzlich gestört wurde und ins Gegenteil umschlug, konnte die alte Dame sich nicht erklären. Sie vermutete, dass die beiden Frauen auf Dauer wahrscheinlich zu verschieden gewesen seien, um Freundinnen zu werden.

Jedenfalls sah sie die zerstrittenen Nachbarn seit etwa zwei Jahren nicht mehr öffentlich zusammen. Aber sie wollte manchmal beobachtet haben, dass der Apotheker heimlich im Garten mit der Frau des Arztes freundliche Worte wechselte.

"Sie war eine von den aufreizenden Personen, die gewöhnlich auf den Wochenendmagazinen für Männer abgebildet sind. Ich seh' sie doch immer im Laden liegen, die unanständigen Blätter — blind bin ich schließlich noch nicht! Und ich glaube, sie hat dem Piefke ganz gut gefallen. Seine Frau ist ja auch wirklich keine Schönheit. Sie sieht fast aus wie ein Kerl, läuft dauernd in einem schmutzigen Arbeitsanzug herum und diese schrecklichen schwarzen Augenränder — zum Gruseln, sag ich euch!"

Sie schüttelte sich im wohligen Grauen der Leute, die sich in absoluter Sicherheit dünken.

"Doch denkt euch, was ich im vergangenen Herbst beobachtete! Es war Vollmond, und ich konnte wieder mal nicht einschlafen. Da unternahm ich, wie gewöhnlich einen kleinen Spaziergang durch den Garten. In der Praxis des Quacksalbers brannte noch Licht. Aber das war nicht gerade ungewöhnlich. Abends wurde nämlich meistens geputzt und aufgeräumt oder so. Plötzlich huscht tatsächlich ein Schatten durch den Garten auf das erleuchtete Fenster zu. Ich bekomme einen gewaltigen Schrecken. Doch du weißt ja, Rolfchen, so leicht lässt sich Tante Frieda nicht ins Bockshorn jagen! Ich ducke mich also hinter einen Busch, fasse für alle Fälle meinen Stock fester und schleiche dann ganz leise näher heran. Was, glaubt ihr, sah ich da?"

Sie hielt den Atem an um die Spannung auszukosten und ins Unermessliche zu steigern.

"Du wirst es uns sicher gleich sagen", meinte ihr Großneffe unbeeindruckt von ihrer Theatralik.

"Der Apotheker klopfte an die Terrassentür des Quacksalbers und wurde hineingelassen. Und das Interessanteste ist: Er war im Nachtanzug!" Triumphierend blickte sie von einem zum anderen und fragte nach einer gebührenden Pause in die Stille hinein: "Nehmt ihr noch einen kleinen Schluck?"

Entschieden lehnten die beiden Kriminalbeamten ab. Sie hatten schon viel zu viel Zeit geopfert und wussten nicht einmal, ob sie das wirklich weiterbringen würde.

"Haben Sie irgendjemanden an der Tür zur Arztpraxis erkannt? Oder konnten Sie hören, was gesprochen wurde?", fragte Lina Eichhorn mit dem Mut der Verzweiflung.

"Was glauben Sie? Dann würde ich das doch selbstverständlich sofort erzählen. Schließlich helfe ich der Polizei immer besonders gern. Das ist nämlich so wundervoll aufregend", antwortete sie voll ehrlicher Überzeugung.

"Ich wartete noch eine ganze Weile, aber er kam nicht heraus, und auch sonst konnte ich wegen der dichten Büsche nichts erkennen. Da begann mein verfluchter Rheumatismus mich so zu plagen, dass ich leider wieder ins Haus musste."

Rudolf sah Lina augenzwinkernd an und erhob sich dann, um sich zu verabschieden. Tante Frieda wusste, wann endgültig Schluss war, und so machte sie keine ernsthaften Anstalten, ihren

Großneffen und die Frau Hauptkommissarin zurückzuhalten. Die beiden schlüpften in ihre warmen Jacken und verließen zum Leidwesen der alten Dame das Haus.

Spuren im Schnee

Draußen war es schon fast dunkel.

"Wir sollten noch eben in der Arztpraxis vorbeischauen, ob Hilko und Hinni alles ordentlich eingepackt haben", schlug der Kommissar vor. "Wenn Sie genug Mut haben, nehmen wir den geheimen Weg durch die Gärten. Der ist zwar düster und unwegsam, dafür aber sehr viel kürzer." Er sah Lina herausfordernd an.

"Ja, wer ist den hier die Bangbüx — ich etwa?", antwortete sie laut lachend und stapfte nach einem abstrafenden Blick ihres Kollegen zügig hinter ihm her zur Rückseite von Tantchens Haus.

Hier wehte ein eisiger Wind und man konnte kaum die Hand vor Augen sehen. Lina musste sich dicht hinter Rudolf Menke halten, um nicht zu stolpern oder in ein Gebüsch zu geraten.

Der Atem dampfte gegen ihr kaltes Gesicht und gefror in ihren Haaren. Leise pfiff der Kommissar vor sich hin. Es schien ihm sichtlich Vergnügen zu bereiten, nochmals auf den abenteuerlichen Abwegen seiner Kindheit zu schleichen.

"Hier gibt es irgendwo ein Loch im Zaun. Bleib' einen Augenblick stehen, ich muss es erst suchen", bestimmte er und war schon in der Dunkelheit verschwunden.

Lina rieb ihre Hände aneinander und starrte ins Schwarze. Doch je länger sich ihre Augen an die Dunkelheit gewöhnten, umso mehr Details konnte sie erkennen. Endlich wurden auch einige Fenster in den Häusern jenseits der Gärten hell.

Als Menke zurückkam, war es der Hauptkommissarin nicht mehr die Spur unheimlich, sondern nur noch kalt. Damit ihre schöne neue Jacke keinen Schaden nahm, kroch sie sehr vorsichtig durch das große Loch im Zaun.

Nun befanden sie sich im angrenzenden Garten der Arztpraxis. Das Haus lag völlig im Dunkeln. Offenbar hatten Groothuusen und Oldewurtel ihre Arbeit schon beendet.

Einen Fuß vorsichtig vor den anderen setzend näherten sie sich der Terrasse. Beinahe wäre der Kommissar über eine unter dem Schnee verborgene Wegbegrenzung gestolpert. Er fing sich gerade noch ab, trat aber mit dem anderen Fuß in einen kleinen zugefrorenen Tümpel.

Die dünne Eisschicht gab unter seinem Gewicht nach. Das kalte Wasser drang in seinen Schuh ein. Strumpf und Hosenbein sogen sich gierig mit der schmutzigen Brühe voll, noch bevor er es verhindern konnte.

"So'n Schiet ook!", schimpfte der Kommissar in seiner Muttersprache und schüttelte den nassen Fuß, dass der Schlamm nur so spritzte.

"Dieses Wasserloch gab es in meiner Kindheit noch nicht!", warnte er seine Chefin vor dem Hindernis und beeilte sich zum Haus zu gelangen. Da der Zweitschlüssel nur auf die Vordertür passte, mussten sie noch um das ganze Gebäude herumlaufen. Frau Eichhorn zweifelte inzwischen daran, dass der Weg querfeldein wirklich kürzer war. Aber amüsanter fand sie ihn auf jeden Fall.

Das unbarmherzige Lampenlicht zeigte ihnen deutlich, dass sie nach ihrem kleinen Abenteuer ziemlich ramponiert waren. Am schlimmsten hatte es den Kommissar getroffen. Er stand da wie ein begossener Pudel und blickte an seinem triefenden Hosenbein hinab auf den matschigen rechten Schuh. Seine Jacke hatte an der Schulter einen Riss und die ursprüngliche Farbe war nur noch schwer zu erkennen.

Hauptkommissarin Eichhorn betrachtete sich ängstlich im Spiegel. Ihr Gesicht war von der frostigen Kälte stark gerötet. Aus den Haaren begann es tauend zu tropfen. Ihre Kleidung schien aber glücklicherweise bis auf einige Matschspritzer unversehrt zu sein.

Die beiden Kollegen sahen sich gegenseitig an und mussten schallend lachen. Es dauerte eine ganze Weile, ehe sie sich beruhigten. Dann sagte Lina atemlos: "Ich glaube, es ist ein Glück, dass uns bei dieser Glanzleistung niemand beobachten konnte."

"Na, ich hoffe, dieser Nachmittag bleibt unter uns, sonst werde ich nämlich bis zu meiner Pensionierung damit aufgezogen. Ostfriesland ist wie ein Dorf. Was in Dornum erzählt wird, pfeifen am nächsten Tag in Aurich, Emden und Leer die Spatzen von den Dächern!"

Rudolf Menke sah sie fast flehend an.

"Ist schon Okay! - Sehen wir uns doch jetzt mal um, ob unsere beiden Jungs gute Arbeit geleistet haben."

Die Kriminalbeamtin ging durch die leergeräumten Zimmer. Dort, wo vorher Schränke gestanden hatten, stapelten sich jetzt nur noch einige nummerierte Kartons.

Der Fußboden war von den Schuhen der Möbelpacker in der Mitte der Räume stark verschmutzt. Nur schwach waren die Kreideumrisse noch zu erkennen. Im Labor stieß die Hauptkommissarin gegen einen kleinen scharfkantigen Stein. Er flog mit einem Klick gegen die Fußleiste. Gedankenverloren bückte sie sich danach und steckte ihn in die Jackentasche.

"Lina, kommen Sie doch mal bitte", rief der Kommissar von der Terrasse. Sie folgte ihm nach draußen. Die Außenbeleuchtung war sehr grell und tauchte fast den gesamten Garten in gleißendes Licht.

Rudolf Menke wies auf die Spuren im Schnee: "Sehen Sie dort! Ist das nicht seltsam?"

Lina verstand nicht gleich, worauf er hinaus wollte. Was sollte an ihren eigenen Fußabdrücken so bemerkenswert sein? Aber dann sah sie genauer hin, ging zu der Spur zurück und setzte ihren Schuh hinein. Er passte nicht. Menke tat es ihr gleich. Die Größe stimmte zwar fast, aber das Sohlenprofil war ein anderes.

"Hier ist offensichtlich heute noch jemand herumgeschlichen! Und die Spur führt genau in Nachbars Garten", stellte Lina Eichhorn erstaunt fest.

"Da hat sich der Apotheker wahrscheinlich mal wieder verlaufen, obwohl gar kein Vollmond ist", witzelte Rudolf Menke.

"Glauben Sie, Ihre Tante hat uns bezüglich ihrer Beobachtungen einen Bären aufgebunden?", interpretierte Lina die Bemerkung des Kommissars.

"Eine bewusste Falschaussage ist ihr nicht zuzutrauen. Aber Tantchen ist schon ein wenig wunderlich. Vielleicht bescherte ihr der Vollmond unruhige Träume. - Was sollte den Apotheker im Pyjama des Nachts zu seinem ungeliebten Nachbarn treiben? Mit Schlaftabletten konnte er sich aus seinem eigenen Bestand versorgen. Krank wird er wahrscheinlich auch nicht gewesen sein. Und dass es wirklich mondsüchtige Menschen gibt, die in den Vollmondnächten die Gegend unsicher machen ohne zu wissen was sie tun, weigere ich mich zu glauben."

Er ging ins Haus, löschte das Licht und schloss die Terrassentür.

"Wir könnten ihn selbst fragen", schlug die Hauptkommissarin mit genialer Selbstverständlichkeit vor.

"Wenn Sie meinen? Aber nicht mehr heute Abend. Ich möchte jetzt schnellstens nach Hause um meine Sachen zu wechseln. Außerdem hat man ja auch noch ein Privatleben!", brummte Menke beleidigt.

Lina lächelte milde.

"Ja, ich weiß. Sie heißt Okka. - Dann schließen wir jetzt schnell ab und stiefeln zum Revier zurück."

Feierabend

Menke stieg nass und schmutzig wie er war in seinen Wagen und fuhr nach Hause. Frau Eichhorn fand Hilko Groothuusen noch im Dienstzimmer vor, als sie auf dem Revier eintraf. Der Anwärter freute sich ehrlich, die Hauptkommissarin zu sehen. Er berichtete ihr ausführlich und sehr wichtig von der durchgeführten Aktion.

"Das haben Sie und Wachtmeister Oldewurtel wirklich vorbildlich erledigt, Hilko", lobte Lina ihn. "Ist Ihnen am Tatort noch irgendetwas Verdächtiges aufgefallen?"

"Nicht das ich wüsste. Wir haben den Inhalt der Schränke ordentlich eingepackt und alles durchlaufend nummeriert. War nichts Ungewöhnliches dabei, nur Aids-Handschuhe, Tupfer, Pflaster, Urinbecher und so'n Krempel." Der junge Mann kratzte sich während er nachdachte nervös am Kinn.

"War jemand von den Möbelpackern im Garten? Oder schaute vielleicht einer der Nachbarn von der Terrasse aus zu, während Sie die Kartons einpackten?", fragte die Hauptkommissarin direkt.

Aber Groothuusen sah sie nur mit großen unwissenden Augen an und schüttelte irritiert den Kopf. Die Chefin schickte ihn daraufhin nach Hause.

"Ich wünsche Ihnen einen erholsamen Feierabend, Hilko, denn morgen steht uns endlich die Vernehmung von Dr. Papadopoulos bevor!"

Lina Eichhorn setzte sich noch kurz in ihr Büro. Es lagen zwei Faxe vom Labor und von Interpol auf ihrem Schreibtisch.

Die gefundene Schere hatte sich demnach einwandfrei als Mordwaffe entpuppt. Sie war zwar ausgiebig gesäubert worden, aber kleinste Hautpartikel, die sich hartnäckig zwischen den beiden Schneiden festgesetzt hatten, konnten als Gewebe der Toten identifiziert werden.

Dr. Papadopoulos war inzwischen von Interpol verhaftet worden und sollte mit dem ersten Flug in Bremen eintreffen. Anschließend würde er ihnen umgehend überstellt. Also konnte die Hauptkommissarin gegen Mittag mit dem Beginn der Vernehmung rechnen. Sie beschloss, sich am

Vormittag den Apotheker nochmals vorzunehmen und ging relativ zufrieden mit sich und der Welt zum geruhsamen Abendessen ins Muschelhaus.

Etwa eineinhalb Stunden später, nach einer ausgiebigen warmen Dusche, föhnte sie ihr seidiges Haar, das momentan die Farbe dunkler Süßkirschen hatte und kuschelte sich in ihren flauschigen Bademantel. Sie schaltete das Radio ein. Auf einem Sender fand sie tatsächlich richtig angenehme Schmusemusik. Dann lümmelte sie sich mit einer Wolldecke auf das zweisitzige Sofa und schloss verträumt die Augen.

Während sie sich in einer Art innerlichem Schwebezustand überall und nirgends befand, klingelte auf einmal nerv tötend das Telefon.

Ihre Tochter Carina meldete sich völlig aufgelöst.

"Hallo Lina, hast du schon geschlafen? Tut mir wirklich leid, wenn ich störe. Opa bringt mich noch um den Verstand. Heute Morgen bin ich seinetwegen zu spät zur Matheklausur gekommen. Hoffentlich habe ich die Arbeit nicht total versiebt. Das macht mir wohlmöglich den guten Schnitt im Abi kaputt. Aber das Beste kommt noch!

Nachdem ich den ganzen Nachmittag an seinem Bett saß und mir geduldig die alten Geschichten aus seiner aktiven Zeit anhörte, wollte ich mir zum Relaxen ein Aromatherapie-Bad gönnen.

Ich heize also das Badezimmer mollig ein, lasse das Wasser einlaufen mit einem tüchtigen Schuss von dem exotisch duftenden teuren Badezusatz, den mir Ricardo zum Geburtstag geschenkt hat. Dann gehe ich kurz in mein Zimmer, weil ich das Nackenkissen vergessen habe. Als ich zurückkomme, laufe ich prompt gegen die abgeschlossene Badezimmertür. Ich klopfe und rufe und bekomme erst mal keine Antwort. Nach einer Weile brummt Opa von drinnen: 'Kann man in diesem Hause nicht mal in Ruhe scheißen?' - Meine Aromatherapie konnte ich danach natürlich vergessen!"

"Ach, mein armes Hörnchen!", tröstete Lina sie und schluckte einen kleinen Lacher möglichst unauffällig hinunter, um sie nicht noch mehr zu verärgern.

"Warum benutzte Big Boss denn nicht das Gästeklo? Ist es etwa schon wieder verstopft?"

"Nein, nicht die Spur! Es ziehe ihm dort im Rücken, und er bekomme wegen der Enge angeblich Klaustrophobie-Anfälle, beschwere er sich. Aber wahrscheinlich will er mich nur nerven."

Die Tochter schluchzte hysterisch.

"Schläft er schon oder kann ich mal mit ihm reden?" Lina war nun ihrerseits ziemlich genervt.

"Weiß nicht. Seit dem letzten Zusammenstoß habe ich mich mit dem Telefon in mein Zimmer eingeschlossen. Soll ich nachsehen?"

Frau Eichhorn bejahte. Und während sie sich die verkorkste Situation zu Hause vor Augen führte, bangte sie zugleich um ihre Telefonrechnung. Wenn sich Carina wütend samt Telefon in ihrem Zimmer verbarrikadierte, führte sie gewöhnlich Dauergespräche mit ihren zahlreichen Freundinnen.

Dann meldete sich ihr Vater etwas kleinlaut, wie es schien.

"Ihr benehmt euch beide wie Kleinkinder", schimpfte Lina ohne ihn zu begrüßen. "Ihr lasst mir fast keine andere Wahl, als den Fall hier zu schmeißen, bevor er abgeschlossen ist. Vielleicht sollte ich überhaupt eine längere Berufspause einlegen, um meinen alten starrsinnigen Vater zu pflegen! - Da lässt sich ja die Betreuung von Drillingen besser regeln als deine!"

"Hm! - Bin wohl etwas ins Fettnäpfchen getreten?", brummte der pensionierte Kommissar schuldbewusst.

"So kann man das auch ausdrücken. Früher bist du doch bestens mit den schwierigsten Typen ausgekommen. Erinnere dich nur an deine skurrilen Informanten aus der Szene. Mit denen kamst du ohne Probleme fast freundschaftlich zurecht. Und nun eckst du mit einem lieben achtzehnjährigen Mädchen und einem harmlosen schwulen Künstler an", hielt Lina ihm vor.

"Mit meinen Informanten musste ich auch nicht die Wohnung teilen. Ihr habt das ja so gewollt!", protestierte der alte Starrkopf schwach. Nachdem seine Tochter einen tiefen Seufzer ausstieß, lenkte er endlich ein und versprach, sich bei Carina zu entschuldigen.

"Morgen wird uns der Hauptverdächtige zur Vernehmung überstellt, da möchte ich ruhig und konzentriert agieren können und nicht innerlich mit familiären Problemen beschäftigt sein. Kannst du mir versprechen dafür alles zu tun, was in deiner Macht steht?", bat die Kriminalbeamtin jetzt sehr sanft.

"Ja, ja!" Der Pensionär war hellhörig geworden. "Dann hat sich der Kerl also nicht umgebracht? Wie siehst du die Sache denn inzwischen?"

"Außer Altweiberklatsch habe ich hier seitdem nicht viel herausgefunden. Möglicherweise ist der Apotheker nicht ganz sauber. Er scheint die Ermordete besser gekannt zu haben, als er vorgab. Aber das ergibt nicht zwangsläufig auch ein Mordmotiv. Ich hoffe, nach der Vernehmung des Arztes werden wir mehr wissen. Die Schere ist jedenfalls zweifelsfrei die Tatwaffe, und die noch ausstehenden Laborergebnisse müssten auch bald eintreffen", erklärte die Hauptkommissarin bereitwillig.

Vater und Tochter fachsimpelten noch ein wenig und beendeten dann das Gespräch zur beiderseitigen Zufriedenheit.

Lina hätte anschließend am liebsten noch einen ausgedehnten Spaziergang unternommen, um sich die belastenden Gedanken aus ihrem Gehirn pusten zu lassen. Jetzt war sie schon seit drei Tagen an der Nordseeküste und hatte das Meer noch gar nicht gesehen. Aber die unwirtliche Dunkelheit hielt sie davon ab, sich anzuziehen und einfach loszustiefeln.

Stattdessen ging sie früh schlafen und stellte sich den Wecker für eine kleine erfrischende Morgenwanderung zum winterlichen Strand.

Spaziergang am Meer

Die Sonne war noch nicht aufgegangen, als Frau Eichhorn vom Klingeln ihres Reiseweckers unerbittlich aus einer Tiefschlaf-Phase gerissen wurde. Erst allmählich fiel ihr ein, wo sie sich befand. Doch dann wurde sie erstaunlich schnell munter. Schon nach weiteren fünfzehn Minuten stand sie warm eingemummelt in Jacke, Mütze und Schal auf der Straße, die zu dieser frühen Stunde noch in ein gespenstisches Zwielicht getaucht war.

Es hatte am vergangenen Abend erneut geschneit. In der Nacht einsetzende extreme Minustemperaturen verwandelten den lockeren Neuschnee jedoch in eine eisige weiße Kruste, die unter jedem Tritt laut knirschend nachgab. Begleitet von diesem schnell vertraut werdenden gleichmäßigen Geräusch ihrer eigenen Schritte, stapfte Lina Eichhorn im langsam beginnenden Morgengrauen dem winterlichen Nordseestrand zu.

Außer zwei streunenden Hunden, die schnüffelnd irgendwelchen erregenden unsichtbaren

Spuren folgten, begegnete sie keiner Kreatur. Selbst die zahlreichen schwarzen Krähen mit ihrem nervigen Krächzen hielten sich wie abwartend im Hintergrund.

Sie folgte den Hinweisschildern, die für die Sommergäste überall angebracht waren. Der eiskalte Wind pfiff aus östlicher Richtung, von dort, wo sich allmählich der blutjunge Tag mit einem hoffnungsfrohen rötlichen Leuchten bemerkbar machte.

Die Kälte konnte der Kriminalbeamtin dank ihrer perfekt darauf abgestimmten Kleidung nichts anhaben. Sie zog den Schal über Nase und Mund, um ihre zarte Gesichtshaut besser zu schützen und beschleunigte den Schritt. Ihre Körpertemperatur befand sich durch die zügige Bewegung auf einem recht angenehmen Level.

Als Lina den verschneiten völlig verlassen daliegenden Strand endlich erreichte, stand ein leuchtend roter Sonnenball am östlichen Horizont über der flachen Landschaft. Einige Wolkenfetzen scharten sich um ihn — Lakaien, die am wundervoll satten Purpur des Herrschers partizipieren wollten. Ansonsten war der Himmel klar wie frischgeputztes Glas. Das vereiste Wattenmeer warf den rötlichen Schein vielfach gebrochen zurück.

Die einsame Spaziergängerin in der frostigen Umgebung verharrte für einige Minuten total überrascht und atemlos staunend angesichts dieses unerwartet phantastischen Naturschauspiels.

Dann zwang sie der eisige Wind, ihren Weg fortzusetzen. Sie wanderte direkt am Ufer entlang, wo sich bizarre schmutzig weiße Eisschollen zu seltsamen Gebilden zusammengeschoben hatten und bewunderte die unerschöpfliche Kreativität von Mutter Natur. Im Norden konnte sie Teile der ostfriesischen Inselkette erkennen.

Wenn sie im Geographieunterricht aufmerksamer gewesen wäre, hätte sie gewusst, dass es sich vor allem um die Insel Langeoog handelte. Fast wirkte sie so nah, als könne man sie zu Fuß, von Eisscholle zu Eisscholle springend, erreichen. Aber soviel wusste Lina doch noch aus diesen ungeliebten Schulstunden, dass ein Spaziergang durch das Wattenmeer ohne ortskundigen Führer lebensgefährlich war.

Also blieb sie schön brav auf sicherem Boden und kehrte, nach einem letzten sehnsuchtsvollen

Blick in die unerreichbare Ferne, schließlich zum verspäteten Frühstück ins Hotel zurück.

Die frische Nordseeluft regte den Appetit der Hautkommissarin auf eine Art an, dass es ihrer schlanken Figur nicht eben zuträglich erschien. Deshalb zwang sie sich beim reichhaltigen ostfriesischen Frühstück zur Mäßigung. Nicht ganz gesättigt, aber mit sich selbst rundum zufrieden, machte sie sich bald auf den Weg zur Apotheke.

Zahnschmerzen

"Oh, guten Morgen Frau Eichhorn, was führt Sie denn am Wochenende zu mir? Sie sind doch nicht etwa krank, oder arbeiten Sie auch samstags?"

Der freundliche Apotheker hob erstaunt seine Augenbrauen, als er die Kriminalbeamtin erblickte.

Lina fing den virtuosen Ball auf, deutete auf ihre von der eisigen Luft gerötete Wange und antwortete: "Ich habe Zahnschmerzen. Nichts Ernstes, ich gehe nämlich regelmäßig zur Kontrolluntersuchung. Wahrscheinlich kommt es von der bitteren Kälte. Können Sie mir etwas empfehlen, um den Nerv zu beruhigen?"

Herrn Piefkes Miene verwandelte sich in ein strahlendes befreites Lächeln. Sofort kramte er geschäftstüchtig in einigen Schubladen und brachte dann gleich mehrere Schachteln zum Verkaufstresen. Ausführlich schilderte er die

Wirkungsweise und sämtliche Vor- und Nachteile der von ihm ausgewählten Medikamente.

Lina entschied sich schließlich für ein bekanntes Markenprodukt, das sie sowieso immer in ihrer Hausapotheke verwendete. Der betuliche Mann nötigte ihr ein Glas Wasser auf, und sie schluckte eine der leichten Tabletten, um ihm keinen Anlass zum Misstrauen zu geben.

"Dürfte ich mich einen Moment setzen bis die Tablette wirkt? Mir ist nämlich etwas schwindlig."

Die Hauptkommissarin versah Piefke mit einem leidenden sehr weiblichen Blick. Dieser schien für derartige Signale überaus empfänglich und schaffte unverzüglich einen gepolsterten Stuhl mit Armlehnen herbei.

"Sind ihre Verkäuferinnen heute wieder nicht erschienen?", fragte Lina Eichhorn nachdem sie Platz genommen hatte, um unverfänglich ein Gespräch in Gang zu bringen.

"Im Winterhalbjahr müssen meine Damen ihre Überstunden aus der Saison abfeiern, da bin ich gerade an den Wochenenden öfter allein in der Apotheke, wenn nicht viel zu tun ist. Na, vielleicht habe ich Glück und es eröffnet bald ein neuer Arzt nebenan seine Praxis. Dann könnte das Geschäft viel besser laufen", plauderte der Apotheker arglos.

"Ja, das wünsche ich Ihnen. Es ist auch viel angenehmer nette Nachbarn zu haben, als welche, mit denen man ständig im Streit lebt", führte sie seine lauten Überlegungen geschickt weiter.

Er nickte zustimmend.

"Aber mit Frau Papadopoulos haben Sie sich ja glücklicherweise bis zuletzt recht gut verstanden!"

Der Tiefschlag kam überraschend und saß punktgenau. Piefke glotzte sie mit seinen blauen Augen verstört an, sein Kiefer klappte selbstständig nach unten und die mögliche Antwort blieb irgendwo in den Windungen seines aufgeschreckten Gehirns stecken.

"Wer behauptet das?", schob er nach einer Weile sehr verunsichert und ausweichend eine Gegenfrage durch die ebenmäßigen blendend weißen Zähne.

"Oh, das tut sicher nichts zur Sache. Sie wurden mehrfach ziemlich eindeutig beobachtet ..."

Die Hauptkommissarin wollte keineswegs zu früh ihre Karten auf den Tisch legen.

"Alte Klatschweiber aus der Nachbarschaft! Hab' ich recht? Was wollen die schon gesehen haben? Und Sie als intelligente erfahrene Frau glauben dieses dumme Gewäsch? Die hässlichen alten Schachteln wollen sich doch bloß interessant machen", schimpfte der Mann mit hochrotem Kopf und fuchtelte wild durch die Luft.

"Nun beruhigen Sie sich mal. Sie haben jetzt immerhin die Gelegenheit, mir den wahren Kern der Gerüchte darzulegen. Diese Chance erhält bei weitem nicht jeder, dem übel nachgeredet wird", versuchte Frau Eichhorn ihn zur Vernunft zu bringen.

Er sah sie forschend an und hatte im nächsten Moment seine Kontenance wiedergefunden.

Während er die verrutschten Ärmel seines Pullovers unter dem weißen Kittel hervor zupfte, sagte er mit oberflächlich ruhiger Stimme: "Ist es neuerdings verboten mit einer Nachbarin belanglose freundliche Konversation zu betreiben? Stempelt mich dieses Faktum in Ihren Augen wohlmöglich sogar zum Mörder ab? - Maria war mir einfach sympathisch, ganz im Gegensatz zu ihrem Gatten. Das ist doch aber nun wirklich kein plausibles Mordmotiv!"

Er atmete ziemlich hektisch.

"Sie haben die Dame also nie heimlich besucht?", fragte Hauptkommissarin Eichhorn jetzt sehr direkt.

Eine ausweichende Antwort war nun schwerlich möglich, also schwieg der Apotheker vorsichtshalber erst einmal und blickte die Kriminalbeamtin äußerst entrüstet an.

Die redete ihm sanft ins Gewissen: "Sie müssen natürlich auf diese Frage nicht antworten, wenn Sie befürchten, sich hinsichtlich des Mordes selbst zu belasten. Andernfalls wäre es vernünftiger die Wahrheit zu sagen."

"Haha, Sie halten mich also plötzlich für verdächtig!", lachte Piefke hysterisch. Dann besann er sich und meinte etwas ruhiger: "Kann schon sein, dass ich ein- oder zweimal bei ihr vorbeigeschaut habe. Aber was ist schließlich dabei? Getötet habe ich sie nicht. Als Mörder müssen Sie sich einen anderen suchen!"

Nun erhob sich die Hauptkommissarin aus dem Armstuhl. Sie hatte von dem Mann vorerst genug erfahren. Der Apotheker war zu schlau, Handlungen zuzugeben, die sie ihm noch nicht beweisen konnte. Weglaufen würde er ihr schon nicht.

Sie verabschiedete sich und ging.

Als sie an der Arztpraxis vorbeikam, zog es sie magisch in den Garten. Sie wollte kurz nachsehen, ob von den Spuren im Schnee noch Reste vorhanden waren.

Im strahlenden Licht der hochstehenden Sonne konnte sie tatsächlich verschiedene Vertiefungen unter der dünnen Neuschnee-Decke ausmachen. Neben ihren eigenen Spuren führte eine in den Garten des Apothekers. Lina blieb jedoch bei den Büschen stehen und verfolgte die undeutlichen zugewehten Abdrücke nur mit den Augen auf das Nachbargrundstück. Sie vereinigten sich auf dem Gartenweg mit zahlreichen frischen Fußspuren zu einem regelrechten Trampelpfad.

Dort war Frau Piefke mehrfach zwischen ihrer Werkstatt in der Gartenlaube und dem Wohnhaus hin und her gegangen. Die Hauptkommissarin konnte von weitem erkennen, dass sich die Apothekersgattin gerade mit ihrem Hobby beschäftigte.

Ohne lange zu überlegen überschritt sie die unsichtbare Grenze zwischen den beiden Grundstücken und ging auf das Gartenhaus zu. Als sie sich unbemerkt bis auf etwa vier Meter genähert hatte, erlebte sie etwas seltsames.

Durch die leicht verstaubten Scheiben beobachtete sie die Bildhauerin, wie sie mit brachialer Gewalt und einem schweren Hammer bewaffnet eines ihrer Kunstwerke derart traktierte, dass es völlig in sich zusammenfiel.

Die Frau schien außer sich vor Zerstörungswut zu sein.

Lina Eichhorn wusste, dass Künstler manchmal überaus exzentrisch waren und sehr in Rage geraten konnten, wenn ihnen ein Werk misslang. Sie wollte Frau Piefke in dieser erregten Gemütsverfassung nicht auch noch mit einer vermutlichen Untreue ihres Ehemannes konfrontieren. Deshalb hob sie sich dieses Gespräch für einen späteren Zeitpunkt auf, falls es überhaupt nötig wäre.

Schnell machte sie sich davon, um nicht doch noch entdeckt zu werden und suchte auf direktem Wege das Polizeirevier auf.

Der Hauptverdächtige

Die Überstellung des Dr. Papadopoulos zum Verhör erfolgte planmäßig. Gerade waren die drei Kollegen dabei ihren Hunger in der Einsatzzentrale mit den unvermeidbaren Fastfood-Gerichten zu stillen, als das Polizeifahrzeug aus Bremen eintraf.

Eine halbvolle Pappschale mit Pommes frites zur Seite schiebend, rückte die Hauptkommissarin sofort das Aufnahmegerät für die erhoffte Aussage zurecht. Rudolf Menke fasste den Verdächtigen unsanft am Arm und drückte ihn auf den bereitstehenden Stuhl.

Groothuusen beobachtete die Szene aufgeregt, während er mit seinen schiefen Zähnen nervös an einem Brathähnchen knabberte.

Dr. Papadopoulos, ein schwammiger mittelgroßer grauhaariger Mann von fast sechzig Jahren mit durch regelmäßigen Alkoholgenuss geröteter Nase, saß in sich zusammengesunken da und betrachtete die Kriminalbeamten aus ängstlich geweiteten dunklen Augen.

"Sie sind Dr. Johannis Papadopoulos, der Ehemann der ermordeten Maria Papadopoulos geborene Huber?" Die Hauptkommissarin drückte vor dieser Routinefrage die Aufnahmetaste des Kassettenrekorders.

Der verdächtige Arzt nickte nur stumm.

"Sie müssen schon die Zähne auseinander machen, sonst hört man auf dem Band nichts. Das ist schließlich hier kein Spaß, sondern ein polizeiliches Verhör!", herrschte Menke ihn böse an. Es war nicht zu übersehen, dass er die brutale Einschüchterungstaktik liebte.

Der weichliche Mann begann vor Angst zu schwitzen und stammelte: "Ja, ich bin derjenige."

Lina Eichhorn warf ihrem Kollegen einen unmissverständlichen Blick zu, aus dem der Kommissar entnehmen konnte, dass er sich vorerst etwas zurückhalten sollte. Dann sah sie den Verdächtigten ernst an und fuhr ausgesprochen ruhig mit der Befragung fort.

"Herr Dr. Papadopoulos sind Sie bereit, uns zu helfen und unsere Fragen wahrheitsgemäß zu beantworten, damit das schreckliche Verbrechen an Ihrer Ehefrau aufgeklärt wird? Ich muss Sie darauf hinweisen, dass alles was Sie aussagen auch gegen Sie verwendet werden kann, und dass Sie selbstverständlich das Recht haben, die Aussage zu verweigern."

"Ich werde alles sagen", flüsterte der Arzt und blickte dabei zu Boden.

"Sie haben das Recht auf einen Anwalt Ihrer Wahl. Wenn Sie jemanden kennen, der Sie beraten und gegebenenfalls vor Gericht vertreten soll, dürfen Sie Ihn gern anrufen", klärte die Hauptkommissarin ihn pflichtgemäß auf.

Menke hob derweilen missbilligend die Augenbrauen und schaute dann nur noch verärgert aus dem Fenster.

"Ich weiß nicht ...", stammelte Dr. Papadopoulos und sah die Kriminalbeamtin hilflos an.

"Hilko kümmern Sie sich doch bitte um einen Anwalt. Er wird ihn vermutlich brauchen", bat Lina den noch immer kauenden Anwärter, der daraufhin sofort das Zimmer verließ, um zu telefonieren.

"Da Sie sich zu einer Aussage entschlossen haben, beantworten Sie mir bitte zuerst folgende Frage: Haben sie Ihre Ehefrau Maria getötet?"

Hauptkommissarin Eichhorn stellte diese folgenschwere Frage, als wolle sie sich lediglich erkundigen, ob der Doktor Zucker in seinen Kaffee nähme.

Der Mann sah sie leichenblass vor Entsetzen an und schrie: "Neiiin!" Es war ein langgezogener Ruf, der einem verzweifelten Hilfeschrei ähnelte. Menke wandte sich erstaunt wieder dem Geschehen zu.

"Bitte beruhigen Sie sich! Wenn Sie nicht der Mörder Ihrer Frau sind, werden Sie das Polizeirevier, nach Ihrer Aussage, als freier Mann verlassen. Wir sind wirklich nur daran interessiert, dieses brutale Verbrechen aufzuklären. Sie helfen uns dabei, wenn Sie alle Fragen ruhig und ehrlich beantworten."

Dr. Papadopoulos nickte betreten.

"Wissen Sie, wer Ihre Frau getötet hat?"

Er schüttelte wortlos den Kopf, besann sich dann aber eines besseren und antwortete laut und vernehmlich: "Ich weiß es nicht."

"Waren Sie in der Mordnacht denn nicht Zuhause?", bohrte die Hauptkommissarin.

"Doch, anfangs ja", meinte der Arzt ausweichend.

Da hielt es Menke nicht mehr bei seinem Fensterplatz. Mit zwei großen Schritten stand er hinter dem Verhörten, bog ihm mit einer Hand den Kopf zurück und zischte ihn böse an: "Mach endlich das Maul auf, Quacksalber! Wir haben unsere Zeit nicht gestohlen. Oder glaubst du, das ist hier die Märchenstunde?"

Frau Eichhorn fixierte ihn entsetzt und sagte in einem Ton, der keine Widerrede duldete: "Herr Menke, lassen Sie mich bitte vorerst mit Herrn Dr. Papadopoulos allein. Ich rufe sie später, wenn ich Sie brauche."

Der Kommissar knurrte ärgerlich und verschwand. Nachdem die Tür krachend hinter ihm ins Schloss gefallen war, setzte Lina die Vernehmung auf ihre ruhige Art fort.

"Bitte erzählen Sie mir jetzt in zeitlicher Reihenfolge, was an dem fraglichen Abend passiert ist."

Der Arzt wischte sich mit einem großen verknitterten Taschentuch den Angstschweiß von der

Stirn und begann dann in behäbiger Weise, mit der Schilderung der Ereignisse des Mordabends.

Im Grunde erfuhr die Kriminalbeamtin nur, dass er ferngesehen und später im Bett noch gelesen hätte. Über der Lektüre sei er eingeschlafen und habe kurz nach Mitternacht seine Ehefrau vermisst. Als er sie suchte und endlich in der Praxis fand, wäre sie bereits tot gewesen.

"Warum haben Sie dann nicht sofort die Polizei verständigt?", wollte Lina Eichhorn wissen.

"Ich hatte einen Schock. Alles war so schrecklich — so unbegreiflich!" Er sah durch sie hindurch, als sehe er irgendwo ein furchteinflößendes Untier.

"Aber als Arzt dürften Ihnen doch schon viele schlimm zugerichtete Menschen begegnet sein. Soviel ich weiß, müssen Sie zumindest während der Ausbildung auch Leichen seziert haben. Da erleidet man doch beim Anblick einer Toten nicht mehr unbedingt einen so großen Schock, dass man kopflos fortrennt", zweifelte sie seine Erklärung an.

Er schwieg einen Augenblick und schien nachzudenken.

"Es war aber Maria, meine Frau, die da blutüberströmt am Boden lag. Das machte einen eklatanten Unterschied zu allem, was ich jemals vorher erlebt und gesehen hatte."

"Sie waren aber nicht zu verstört, um Ihre wichtigsten Sachen einzupacken und mit dem Wagen bis nach Griechenland zu fahren?"

"Das konnte ich erst gegen Morgen. Vorher saß ich einfach nur da und starrte stundenlang ihren toten Körper an. Ich hätte bestimmt noch viel länger dort gesessen, wenn mir nicht plötzlich so fürchterlich kalt gewesen wäre. Als ich aufstand, um die Terrassentür zu schließen, kam ich wieder einigermaßen zu mir. Dann überfiel mich große Angst, dass man mich verdächtigen könnte, deshalb ergriff ich die Flucht."

Er sah die Hauptkommissarin flehentlich an. "Dass ich nicht ganz bei Sinnen war, sehen Sie daran, dass ich meine alte Wanduhr aus dem Wohnzimmer mitgenommen habe."

"Das sagt nicht allzu viel aus. Vielleicht wollten Sie die ja in Griechenland verkaufen? - Haben Sie Ihre Frau geliebt? Ich meine damit, ob Sie eine glückliche Ehe führten."

"Maria war eine wunderschöne junge Frau. Ich schätzte mich sehr glücklich mit ihr vermählt zu sein. Niemals hätte ich ihr auch nur ein Haar krümmen können. Ja, ich liebte sie abgöttisch." Die Augen des alternden Arztes zeigten bei diesen Worten einen besonderen Glanz und seine Stimme klang andächtig.

"Hatten Sie und Ihre Frau an dem letzten Abend Geschlechtsverkehr miteinander?"

Bei dieser Frage zuckte Dr. Papadopoulos unwillkürlich zusammen und sah die Beamtin verlegen an.

"Ich stelle diese Frage nicht ohne guten Grund. Also beantworten Sie sie bitte", fügte Lina hinzu.

"Nein, sonst hätte ich das vorhin erwähnt." Er sah wieder zu Boden.

"Hatte Ihre Frau vielleicht einen Geliebten, den sie heimlich traf?" Sie konnte ihm diese Frage nicht ersparen.

"Maria hatte niemals Heimlichkeiten vor mir. Ich bin sehr großzügig. Wenn man so alt ist wie ich, muss man froh und dankbar sein, eine so begehrenswerte jugendliche Frau zu besitzen."

"Finanziell konnten Sie Ihrer Maria ja leider nicht viel bieten, wie wir inzwischen wissen. Haben Sie Ihr deshalb einen jungen Liebhaber gestattet?", vermutete Frau Eichhorn kühn und äußerst provokativ.

"Wie Sie das ausdrücken, hört sich die Angelegenheit sehr verwerflich an. Müssen Sie hier auch über moralische Fragen zu Gericht sitzen?" Der Arzt schien ein wenig Mut zu fassen und saß jetzt aufrecht auf seinem Stuhl.

"Wir sitzen hier überhaupt nicht zu Gericht, sondern klären nur den Tathergang. Reden Sie deshalb nicht lange herum, sondern sagen mir, zu wem Ihre Frau intime Beziehungen unterhielt und ob dieser Mann in der Mordnacht bei ihr war", verlangte die Kriminalkommissarin leicht genervt.

"Der Apotheker war zuletzt mit ihr zusammen", gab der Doktor widerstrebend zu.

"Herr Piefke, Ihr Nachbar? Aber mit dem lagen sie doch ständig im Streit!" Sie war erstaunt, dass der Arzt so selbstverständlich von der außerehelichen Beziehung seiner Frau sprach.

"Ja, dieser Pillendreher und ich verstehen uns nicht sehr gut. Er ist ungebildet, äußerst ungehobelt und streitsüchtig. Aber meine Frau schätzte seine Qualitäten als Liebhaber sehr. Sie blühte richtig auf, seit er mit ihr intim war", erklärte der betrogene Ehemann ohne eine Miene zu verziehen.

"Seit wann bestanden diese Intimitäten?", fragte die Hauptkommissarin.

Der Arzt erzählte umständlich, dass seine Frau und Piefke sich auf der gemeinsamen Urlaubsreise, von der Lina Eichhorn schon wusste, näher gekommen seien.

"Während ich mit Frau Piefke die kulturellen Stätten meiner herrlichen griechischen Heimat besuchte, frönten unsere Ehepartner einem mehr körperlichen Vergnügen. Leider ist die Frau des Pillendrehers sehr kühl und wenig verständnisvoll, deshalb konnte es zu keiner beglückenden Viererbeziehung kommen."

Man hörte Dr. Papadopoulos das echte Bedauern an, als er über diesen nicht zur allgemeinen Zufriedenheit verlaufenen Urlaub berichtete.

"Ich kann Ihrer Aussage nicht in allen Punkten folgen. Hat Frau Piefke ihrem Gatten eine Eifersuchtsszene gemacht oder ist sie vielleicht vorzeitig abgereist?", wollte die Kriminalbeamtin wissen.

"Nein, das ist nicht ihre Art. Sie war sehr wortkarg und wirkte stark verstimmt. Ihr Mann hat es dann vorgezogen, mit ihr abzureisen. Zu Hause nahm er die sexuelle Beziehung zu meiner Frau aber heimlich umso intensiver wieder auf", erklärte der Arzt wie selbstverständlich.

"Machte es ihm nichts aus, mit der Frau seines verkrachten Nachbarn zu schlafen und dazu noch mit dessen ausdrücklicher Billigung?" Lina hatte Schwierigkeiten sich in dieses seltsame Beziehungsgeflecht hineinzudenken.

"Er wusste nicht, dass Maria mir immer alles genau berichtete. Wahrscheinlich gefiel es ihm, mich durch den sexuellen Kontakt zu meiner Frau noch zusätzlich zu erniedrigen. Hätte er geahnt, welch unvergleichlichen erotischen Impuls unsere eheliche Liebesbeziehung durch seine phantasievolle Sexualität erhielt, wäre ihm der heimliche Triumph über den scheinbar betrogenen Ehemann gründlich verdorben worden." Johannis Papadopoulos grinste feixt und schadenfroh.

"Sie wollen damit sagen, dass Sie nicht eifersüchtig auf Herrn Piefke waren, sondern von der sexuellen Beziehung Ihrer Ehefrau zu ihm emotional profitierten?"

Hauptkommissarin Eichhorn vermochte, falls die Aussage des verdächtigen Ehemannes der Wahrheit entsprach, bei ihm absolut kein stichhaltiges Mordmotiv mehr zu entdecken.

Andererseits hatte er leider keinerlei Zeugen für seine Behauptungen. Selbst der mit ihm zerstrittene Apotheker wusste nach Dr. Papadopoulos eigenen Angaben letztendlich nicht, dass er die außereheliche Beziehung seiner Frau Maria ausdrücklich gebilligt hatte.

Und wenn Piefke der Mörder war? Als ihr Liebhaber hatte er nach einem dieser vermeintlich phantastischen erotischen Exzesse kaum einen Grund sie zu töten. Eine Tat im sexuellen Rauschzustand passte schlecht zu seinem Persönlichkeitsprofil.

Lina fühlte sich plötzlich müde, hohl und ausgelaugt wie ein stundenlang gnadenlos gekochter Suppenknochen. Sie brauchte dringend eine längere Pause und einen gewissen räumlichen Abstand zu diesem seltsamen Doktor, der einerseits sehr gebildet und integrativ tat, andererseits aber schmierig und ungepflegt wirkte.

Die allgemeinen Moralbegriffe eines Tatverdächtigen musste sie zwar eigentlich außer Acht lassen, aber in diesem Fall machte ihr das ziemliche Schwierigkeiten.

Während der Vernehmung sah sie die blutverschmierte Leiche der zierlichen hübschen Arztfrau vor sich. War sie auf irgendeine Weise das Opfer der seltsamen sexuellen Vorlieben ihres soviel älteren Ehemannes geworden?

Sie rief Hilko als Aufsichtsperson für den Verdächtigten aus dem Dienstzimmer zu sich und brach dann das Verhör vorläufig ab. Mit dem Aufnahmegerät verließ sie den Raum, um Rudolf Menke zu suchen.

Er befand sich in der kleinen Kaffeeküche und schlürfte genüsslich an einer randvollen Tasse.

"Rudolf, es tut mir leid, wegen vorhin. Ich versuche es bei intelligenten Menschen lieber erst auf die sanfte Tour", entschuldigte sie sich, als er ihr einen ärgerlichen Blick zuwarf.

"Hm", war die einzige Antwort.

"Ich habe jetzt eigentlich genug für heute. Das Band ist hier im Rekorder. Sie können es sich anhören. Er streitet natürlich ab, der Täter zu sein. Teilweise erscheint mir seine Aussage sogar schlüssig, dennoch sollten auch Sie ihm gleich ein wenig auf den Zahn fühlen", meinte die Hauptkommissarin versöhnlich. Dann fügte sie lächelnd hinzu: "Aber schlagen Sie dem armen Mann dabei nicht die Zähne aus, wenn es möglich ist!"

Der Kommissar zog missbilligend eine Augenbraue hoch und antwortete knapp: "Was denken Sie von mir?" Er ergriff sofort das Aufnahmegerät und begab sich ins Dienstzimmer.

"Wenn Sie Kaffee wollen, können Sie sich bedienen", brummte er im Vorbeigehen.

Frau Eichhorn schenkte sich eine Tasse Kaffee ein und folgte ihrem Kollegen dann.

"Haben Sie hier die Möglichkeit Dr. Papadopoulos bis morgen sicher zu verwahren? Es wäre nämlich günstiger, wenn er fürs Erste in der Nähe des Tatortes bliebe. Wir müssen den Apotheker unbedingt noch mit seiner Aussage konfrontieren. Vielleicht bringt uns das weiter. - Gibt es übrigens Neuigkeiten aus dem Labor?", wollte Lina wissen.

Menke schüttelte wortlos den Kopf. Dann knurrte er: "Die haben hier noch eine ehemalige Arrestzelle. Sie dient jetzt als Abstellraum. Hilko könnte sie vielleicht herrichten. Bleibt das Problem mit der Beaufsichtigung! Hinni Oldewurtel hat heute nämlich dienstfrei. Dieses Revier ist schon lange nicht mehr rund um die Uhr besetzt. Das ist zu unökonomisch. Der Notruf wird sowieso von einer Zentralstelle aus koordiniert."

"Wenn Sie die erste Hälfte der Nacht übernehmen, stelle ich mir meinen Wecker und bin pünktlich zur Frühmorgenschicht hier. Einverstanden?"

Frau Eichhorn überhörte den missmutigen Unterton in der Stimme des jüngeren Kollegen einfach. Der lenkte schließlich auch schon etwas freundlicher ein. Nachdem sie sich für zwei Uhr morgens verabredet hatten, verließ Lina mit leichten Kopfschmerzen das Polizeirevier in Richtung Muschelhaus.

Nachtgedanken

Kirchenglocken läuteten einladend. Verschiedene sittsam einher schreitende Passanten waren ordentlich gekleidet unterwegs zum Abendgottesdienst. Der ganze Ort wirkte plötzlich so vorweihnachtlich festlich, dass Lina von sehr wehmütiger Stimmung ergriffen wurde.

Ein meditatives Gebet in einem ehrwürdigen Gotteshaus tat oft Wunder für die angegriffene Psyche. Sie erinnerte sich an ein mehrtägiges Seminar für Polizeibeamte, an dem sie vor einiger Zeit teilgenommen hatte. Es fand in einem Kloster statt. Von dort war sie herrlich erfrischt und gestärkt in den aufreibenden Polizeidienst zurückgekehrt.

Gern hätte sie gewusst, ob es in diesem überwiegend protestantischen Gebiet auch eine katholische Kirche gab. Sie konnte sich aber nicht dazu durchringen, jemanden von diesen fremden Menschen danach zu fragen. Also stellte sie ihren Wunsch nach religiöser Stärkung vorerst zurück und begab sich auf ihr Hotelzimmer.

Vielleicht wäre es das Beste, noch eine von diesen leichten Tabletten zu nehmen und schnellstens zu schlafen.

Das Klingeln des Telefons durchkreuzte allerdings ihre Pläne. Die Familie katapultierte sich mit diesem unangenehmen Geräusch rücksichtslos in den Mittelpunkt ihrer Gedanken. Ihr kranker Vater meldete sich selbst am anderen Ende der Leitung. Er hörte sich schon wesentlich wohler an und hustete auch kaum noch.

"Hallo, Big Boss! Ich habe den Eindruck, du befindest dich endlich auf dem Weg der Besserung. Was macht die Lunge?", begrüßte Lina ihn liebevoll.

"Ja, ja, es geht mir ganz passabel. Deine Tochter hat schon den ganzen Nachmittag Besuch. Da habe ich wenigstens meine Ruhe! Kennst du den jungen Burschen, der sich Matze oder so ähnlich nennt?" Der Großvater war sichtlich besorgt um seine Enkelin.

"Ja, wenn es ein großer blonder mit Pickeln ist, handelt es sich um Hörnchens momentanen Favoriten. Was treiben die beiden denn so?" Lina war völlig gelassen aber als Mutter naturgemäß an der Entwicklung dieser Beziehung nicht ganz uninteressiert.

"Angeblich üben sie für Mathematik — Kurvendiskussionen, wenn ich das richtig verstanden habe. Dass der Bengel dabei die Finger brav auf dem Schreibtisch behält, möchte ich als alter Fuchs jedoch sehr anzweifeln. Außerdem hat sie die Matheprüfung doch schon hinter sich. Will wohl ihren alten Großvater verarschen", nörgelte der pensionierte Kommissar.

"Ach, mach dir keine unnötigen Sorgen. Carina ist schließlich schon Achtzehn und aufgeklärt. Irgendwann gehen alle Kinder eigene Wege. Der Einfluss ihrer Erziehungsberechtigten muss zwangsläufig nach und nach aufhören. Je früher wir uns damit abfinden, umso besser", besänftigte Lina ihn.

"Das habe ich am eigenen Leib erlebt. Davon brauchst du mir nichts zu erzählen. Hoffentlich steht die Kleine nicht bald auch mit einem Baby ohne Mann da. Das möchte ich euch wirklich nicht wünschen", nörgelte der Alte weiter.

"Ach, nun wärme doch nicht immer diese alte Geschichte auf! War das Hörnchen vielleicht keine Bereicherung für unser beider Leben? Und großgezogen habe ich sie schließlich auch ohne große Hilfe. Sage jetzt bloß nicht, dass sie missraten sei! Ich liebe sie mehr als mein Leben und halte sie für ein hübsches sehr begabtes junges Mädchen. Warum sollte sie in ihrem Alter keinen Freund haben? Andere fangen heutzutage schon mit Dreizehn an!"

Lina machte ihrem Vater unmissverständlich klar, dass sie keine derartige Einmischung in das Liebesleben ihrer Tochter duldete. Er entschloss sich kleinlaut zu einem Rückzieher und erkundigte sich lieber nach dem Stand des Mordfalles.

"Der Arzt ist schwer zu durchschauen. Wir werden bestimmt Schwierigkeiten bekommen, den Wahrheitsgehalt seiner Aussage zu überprüfen. Nur ist da weiterhin dieses Gefühl, dass er es nicht getan hat." Frau Eichhorn berichtete ihrem Vater ausführlich von dem Verhör.

"Eifersucht ist immer ein sehr überzeugendes Motiv. Möglicherweise dreht ihr euch im Kreis, weil ein wichtiges Detail bisher übersehen wurde. Du weißt doch noch, damals bei meinem Fall mit dieser ehemaligen Dirne und dem Regenschirm ..."

Der pensionierte Kommissar war nun bei seinen alten Fällen angelangt. Das bedeutete für Lina, mit großer Geduld zuhören und die wohlverdiente Nachtruhe noch einige Zeit aufschieben zu müssen.

Irgendwann wurde ihr Vater jedoch von selbst des Erzählens müde. Er bekam einen seiner Hustenanfälle und beendete anschließend bereitwillig das Telefonat.

Die Hauptkommissarin konnte nach einem anstrengenden Tag endlich zur inneren Ruhe finden.

Komplikationen

Als Frau Eichhorn in der Nacht die Polizeistation ansteuerte, sah sie schon von weither einen Krankenwagen mit blinkendem Blaulicht. Noch bevor sie das Gebäude erreichte fuhr der Wagen ab. Böse Vermutungen, ihren rüden Kollegen Rudolf Menke betreffend, bemächtigten sich ihrer.

Der Kommissar nahm sie bereits an der Eingangstür in Empfang. Er schaute ziemlich betreten zu Boden, während er ihr erklärte, dass Dr. Papadopoulos wahrscheinlich einen Herzanfall erlitten habe. Er befinde sich nun auf dem Weg ins Norder Krankenhaus. Bliebe abzuwarten, ob er demnächst noch als Zeuge oder gar Verdächtiger zur Verfügung stünde.

"Um Himmels willen Rudolf, was haben Sie mit dem Mann gemacht? Sie sollten ihn doch nicht so hart 'rannehmen!" Die Hauptkommissarin wurde zum ersten Mal richtig laut.

Menke zog erschreckt den Kopf zwischen die Schultern.

"Hören Sie sich das Protokoll ruhig an. Ich war nicht übermäßig grob zu ihm. Wahrscheinlich ist er herzkrank. Das hätte er uns schließlich auch vorher sagen können", brummte er.

"Na, wenn das keinen Ärger gibt, fresse ich den Polizeipräsidenten persönlich mitsamt seinem speckigen Hemdkragen!", schimpfte Lina während sie Jacke und Schal über einen Stuhl warf und sich gleich an dem Aufnahmegerät zu schaffen machte.

Kommissar Menke wandte ihr verlegen seinen Rücken zu und betrachtete den sternenklaren Nachthimmel durch das Fenster zum Garten.

Eigentlich war jetzt die Reihe an ihm, Feierabend zu machen. Aber in dieser verkorksten Situation konnte er sich unmöglich einfach zurückziehen. So blieb er fast unbeweglich dort stehen, während seine Chefin das gesamte Verhör von der Kassette abspielte. Sie sprachen kein einziges Wort, sondern lauschten beide intensiv der Bandaufnahme.

Für die Aufklärung des Mordfalles waren die weiteren Aussagen des sauberen Dr. Papadopoulos nicht besonders förderlich. Sein Persönlichkeitsbild verfestigte sich jedoch dadurch zu dem zwar gutausgebildeten vielseitig interessierten Arzt, der menschlich und vor allem moralisch aber mehr als schwach war.

Der Kommissar war nicht gerade feinfühlig mit ihm umgegangen, hatte sich aber offenbar tatsächlich zu keinen groben körperlichen Angriffen hinreißen lassen.

Lina Eichhorn war froh, dass niemand ihrer SoKo in Hinsicht auf die Verhörmethoden einen großen Vorwurf machen konnte. Vermutlich hatte Dr. Papadopoulos die Aufregungen der letzten Tage gesundheitlich nicht verkraftet und deshalb in der Zelle einen Herzanfall erlitten.

"Viel weiter sind wir jetzt noch immer nicht", stellte Lina trocken fest, als sie den Rekorder ausschaltete.

Rudolf Menke wandte ihr, da die erwartete Strafpredigt ausblieb, erleichtert sein Gesicht zu und meinte bestätigend: "Ja, eigentlich hat keiner der beiden Kerle ein erkennbares Mordmotiv!"

"Ich knöpfe mir am Vormittag den Apotheker und seine Frau noch einmal vor. Bis dahin erledige ich einiges von dem angehäuften Schreibkram. Die Nacht ist eh fast vorbei." Sie seufzte hörbar.

"Fahren Sie ruhig nach Hause und nehmen eine Mütze voll Schlaf. Morgen kümmern Sie sich dann um den kranken Doktor. Okay?"

Rudolf Menke verabschiedete sich bereitwillig. Die Kriminalbeamtin brühte einen starken Kaffee auf und vergrub sich anschließend bis zum Morgengrauen in der Arbeit.

Gegen Zehn klingelte Lina Eichhorn an der Haustür des Apothekers. Herr Piefke öffnete nach längerer Zeit in einem seidenen Hausmantel mit konservativem rotschwarzem Krawattenmuster, das Haar feucht und glatt nach hinten gekämmt. Seine blauen Augen blickten verstört bis verärgert auf die dreiste Kriminalbeamtin, die ihn und seine Frau beim sonntäglichen Frühstück zu stören wagte.

"Ach, Sie sind es! Haben Sie wieder Zahnschmerzen, oder wo tut es Ihnen heute weh?" Sein Ton war reichlich unverschämt. Lina überhörte den Zynismus in seiner Stimme und bat freundlich, eintreten zu dürfen, um noch ein paar kleine Fragen zu klären.

Der Apotheker führte sie schließlich ins Esszimmer, wo seine Frau in einem beigefarbenen Hausanzug gerade dabei war, den Tisch abzuräumen. Sie sah ohne ihren auffälligen schwarzen Eyeliner so farblos aus, wie ein grauer Novembertag.

Walter Piefke bot der Hauptkommissarin widerwillig einen Platz an und setzte sich dann ebenfalls an den Tisch, während seine Frau sich geschäftig in die angrenzende Küche verzog.

"Wir wissen, dass Sie ein intensiveres Verhältnis zu Frau Maria Papadopoulos hatten, als Sie bisher zuzugeben bereit waren. Wollen Sie in Ihrem eigenen Interesse Ihre Aussage vielleicht nochmals überdenken und wahrheitsgemäß vervollständigen?", fiel Frau Eichhorn gleich mit der Tür ins Haus.

Sie hatte genug von dem ewigen Versteckspiel.

Ihrem Gegenüber blieben die Worte förmlich im Halse stecken. Er rang sichtbar nach Luft, wie ein aufs Trockene geworfener Karpfen. Als er endlich die Sprache wiederfand, klang seine Stimme sehr belegt und heiser: "Ich habe mich wohl durch mein Benehmen verdächtig gemacht?"

Die Hauptkommissarin wartete geduldig ab, bis er endlich zur Sache kam. Er sei am fraglichen Abend mit der Ermordeten intim zusammen gewesen, gab er schließlich flüsternd zu. Sie habe aber bei seiner Verabschiedung noch gelebt und mit einem Liedchen auf den Lippen die Arztpraxis aufgeräumt.

"Können Sie sich noch daran erinnern, um welche Uhrzeit Sie Maria Papadopoulos verließen?", fragte Lina Eichhorn völlig unbeeindruckt von der plötzlichen Offenheit des Zeugen.

"Es muss gegen Mitternacht gewesen sein. Ich bin anschließend gleich in mein Zimmer und zu Bett gegangen. - Bitte verschonen Sie wenigstens meine Frau mit diesen Enthüllungen!" Der Apotheker sah sie flehend an.

"Das ist in diesem Fall leider kaum möglich, da nur Ihre Frau die Aussage bestätigen kann", beraubte ihn die Kriminalbeamtin ungnädig sämtlicher Hoffnungen.

"Meine Frau hat in ihrem Zimmer tief und fest geschlafen. Sie weiß doch von nichts", jammerte Piefke.

Lina ließ sich nicht davon abhalten, die Apothekersgattin in der Küche aufzusuchen, um ihrer Erinnerung ebenso unnachgiebig auf die Sprünge zu helfen.

"Frau Piefke, wir haben inzwischen die Aussage von Dr. Papadopoulos zu dem Mordfall. Demnach war die Beziehung zwischen Ihnen etwas komplizierter, als Sie es mir gegenüber darstellten."

Die Frau sah sie völlig unbewegt an.

"Ich weiß nicht, was Sie damit sagen wollen."

"Sie haben gemeinsam Urlaub gemacht — in Griechenland!"

"Ja. Aber das ist lange her." Frau Piefke zeigte sich unbeeindruckt, dass die Kriminalbeamtin hiervon Kenntnis hatte.

"Erzählen Sie mir trotzdem davon", verlangte Lina Eichhorn sehr bestimmt.

Stockend und so trocken, als erläutere sie ihre Steuererklärung, berichtete die Hobbybildhauerin von dem gemeinsamen Griechenlandaufenthalt. Die vorzeitige Abreise begründete sie mit gesundheitlichen Problemen.

"War es nicht vielmehr so, dass Sie eifersüchtig auf das innige Verhältnis Ihres Mannes zu Maria Papadopoulos waren?", zweifelte die Hauptkommissarin diese Darstellung an.

Abermals zogen sich die grauen Augen der Frau zu schmalen Schlitzen zusammen. Das Gesicht wirkte wie aus Stein gemeißelt.

"Eifersucht — was ist das? Wir sind fast fünfundzwanzig lange Jahre verheiratet. Wo sollte da noch Platz für Eifersucht sein?"

"Oh, ich glaube Eifersucht ist keine Frage des Alters oder der Dauer einer Beziehung zweier Menschen. Sie kann wahrscheinlich jeden aus heiterem Himmel überfallen. Nur wie der Einzelne damit umgeht, ist sehr verschieden", meinte Lina sanft.

Die Frau schwieg mit zusammengekniffenen Lippen und räumte das abgewaschene Geschirr in den Küchenschrank.

"Haben Sie Ihren Mann in der Mordnacht beobachtet, als er zum Stelldichein mit seiner Geliebten schlich — oder als er zurückkam? Sollte er Ihre Nachbarin ermordet haben, muss zwangsläufig ihr Blut auf seine Kleidung gespritzt sein. Wenn Sie bestätigen könnten, dass die Sachen sauber waren, würde das zu seiner Entlastung beitragen."

"Ich habe fest geschlafen, wie immer!", antwortete die Befragte mürrisch.

Lina merkte, dass sie nicht weiterkam mit ihren Fragen. Die Frau war völlig verstockt. Vielleicht hatte die plötzliche Konfrontation mit dem außerehelichen Verhältnis ihres Mannes bei ihr zu einer Art von Blockade geführt. Eventuell fürchtete sie auch, ihn durch ihre Aussage zu belasten.

Die Kriminalbeamtin verließ das Ehepaar nicht ohne dem empörten Apotheker zu eröffnen, dass er sich vorläufig zur Verfügung der Polizei halten müsse und Dornum nicht verlassen dürfe.

Stadtführung

In Lina Eichhorns Kopf herrschte ein ziemlicher Wirrwarr. Es hatte sich eine Art Betriebsblindheit eingestellt, die dazu führte, dass sich die Hauptkommissarin gedanklich immer im Kreise drehte. Wie bei einem Menschen, der sich im tiefen Dickicht eines Waldes verirrte, sah sie nur noch gleichförmige Strukturen und kam innerlich immer wieder an denselben Punkt zurück. Nur war das in ihrem Fall nicht irgendeine unverwechselbare Lichtung, sondern der blutüberströmte leichtbekleidete schrecklich zugerichtete Leichnam der schönen Maria Papadopoulos.

In solchen Momenten konnte eine kleine Abwechslung manchmal Wunder wirken und vielleicht sogar den Teufelskreis ihrer verworrenen Gedanken durchbrechen.

Sie ergriff also die günstige Gelegenheit beim Schopf und nahm die ihrerseits nicht allzu ernst gemeinte Verabredung mit Herrn Dr. Mürkerhofer, dem pensionierten Gymnasiallehrer wahr.

Pünktlich fand sie sich am vereinbarten Treffpunkt ein. Der alte Herr mit dem wallenden weißen Bart wartete schon zwischen zwei schrecklichen steinernen Löwen mit blutroten Mäulern auf der Brücke zum Dornumer Schloss auf sie. Er schien zu frieren, denn er rieb fortwährend seine Hände ineinander, während er Lina Eichhorn auf seine umständlich verschnörkelte Weise begrüßte.

Sie schenkte dem Schloss, als einem der Wahrzeichen des kleinen Küstenortes diesmal mehr Beachtung, als bei ihrer Ankunft vor vier Tagen im strömenden Regen.

Dr. Mürkerhofer erzählte ihr, dass Dornum ursprünglich sogar drei Burgen besaß, wovon das heutige Schloss und die Beningaburg als Nachfolgebauten übrig geblieben seien. Die Gründung der Ansiedlung lag gut tausend Jahre zurück.

"Der Name Herrlichkeit Dornum soll keineswegs ausdrücken, dass es sich um einen ansehnlichen Ort handelt, sondern er war die im fünfzehnten Jahrhundert übliche Bezeichnung für eine ostfriesische Häuptlings-Herrschaft mit eingeschränkter Autonomie", erklärte der pensionierte Lehrer.

Und während er Lina fast ohne Luft zu holen mit den historischen Fakten bombardierte, führte er sie über die breite Brücke aus hölzernen Planken, durch deren Zwischenräume man den eingefrorenen Schlossgraben schimmern sah.

Sie durchschritten einen Rundbogen, den ein Giebeldreieck mit Wappen und dem Relief der griechischen Göttin Athene in Sandstein schmückte. Auf den abfallenden Flächen des Giebels waren weitere Figuren zu erkennen. Bis auf einen schlanken Turm, der von einer hübsch geschwungenen Spitze gekrönt wurde, empfand Frau Eichhorn die Schlossanlage aus dem siebzehnten Jahrhundert mit den großen Sprossenfenstern als ziemlich schmucklos und keinesfalls zu vergleichen mit den Prunkbauten, die sie andernorts schon besichtigt hatte. Aber ihr bestens informierter Begleiter versicherte ihr mehrfach, dass dieses Schloss in seiner Gesamtheit zu den schönsten Ostfrieslands zähle.

Da der größte Teil des Schlosses leider nicht zugänglich war, beschränkte sich der Inneneindruck vorwiegend auf den Rittersaal. Eine Decke mit typisch barocken Gemälden wölbte sich schwülstig über ihnen. Vom genauen Betrachten der farbenfrohen Szenen, tat Lina aber bald der Nacken weh. Sie drängte ihren schwatzhaften Führer freundlich, zum Ende seines langatmigen Vortrages zu kommen.

"Gut, wenn Sie schon genug gesehen haben, können wir uns jetzt die Beningaburg vornehmen. Sie ist nur wenige Schritte von hier entfernt, und man kann dort hervorragenden Tee und Kuchen bekommen", schlug der Alte etwas beleidigt vor.

In der alten Burg, die inzwischen als Hotel und Gaststättenbetrieb diente, hingen noch Gemälde der ehemaligen Burgherren und Burgdamen. Frau Eichhorn betrachtete sie lächelnd und achtete nur oberflächlich auf das erklärende Geschnatter Dr. Mürkerhofers.

Es faszinierte sie bei diesen alten Bildern immer, dass die dargestellten Menschen einerseits durch ihre seltsame Kleidung und die altertümlichen Frisuren so fremd wirkten, sie aber andererseits oft eine große Ähnlichkeit der Gesichtszüge mit heute lebenden Personen feststellen konnte. Von hervorstechender Schönheit waren die meisten weder früher noch heute.

Dr. Mürkerhofer nötigte Lina zu Tee und Ostfriesen-Torte mit beschwipsten Rosinen. Sie bedauerte danach schon ein wenig, dass sie der Einladung des Pensionärs gefolgt war. Zwar hatte sie wirklich einmal längere Zeit nicht an die Arbeit gedacht, aber dafür ging ihr das ununterbrochene Gerede des seltsamen Alten inzwischen schon gewaltig auf die Nerven.

Beim Tee ergriff er sogar mehrfach ihre Hand und drückte sie innig. Er schien weitaus begeisterter von diesem Sonntagnachmittag, als seine attraktive Begleiterin.

Eigentlich wollte Dr. Mürkerhofer noch weitere Sehenswürdigkeiten, wie die St. Bartholomäus-Kirche und die Bockwindmühle mit ihr besichtigen, aber die Kriminalbeamtin ließ sich nur noch dazu überreden einen kurzen Blick auf die kleine ehemalige Synagoge und den jüdischen Friedhof zu werfen.

Der pensionierte Studienrat erzählte ihr unterwegs die ganze traurige Geschichte der Dornumer Juden und ihres nur durch einen Zufall von der Zerstörung durch die Nazis verschont gebliebenen Gotteshauses.

Lina stand einige Minuten andächtig in dem alten schmucklosen Gebäude, dass im einzigen Innenraum eine Ausstellung von Kultgegenständen, vergilbten Fotos und interessanten Dokumenten der ehemaligen jüdischen Bürger zeigte. Selbst auf den alten Lehrer schien dieser Ort angenehm dämpfend zu wirken. Jedenfalls redete er wesentlich leiser und legte auch größere Sprechpausen ein.

Der verschneit daliegende jüdische Friedhof, der sich nicht weit von der Synagoge befand, war klein aber in gepflegtem Zustand.

Hohe alte Bäume wuchsen wie ein natürlicher Schutzwall ringsum. Ein Verein kümmerte sich nach Dr. Mürkerhofers Aussage liebevoll um diese Reste einer in dem kleinen Ort leider längst vergangenen jüdisch-deutschen Kultur.

Lina Eichhorn betrachtete gerührt die verwitterten Inschriften der schweren dunklen Grabsteine. Fast alle waren in hebräischen Buchstaben verfasst. Sie versuchte vorsichtig mit ihrem Finger einige der bemoosten fremdartigen Lettern nachzuzeichnen, dabei rutschte sie auf der vereisten Steineinfassung des Grabes aus.

Dr. Mürkerhofer stand plötzlich mit der Behändigkeit eines jungen Mannes an ihrer Seite und nahm die nach festem Halt suchende Frau in seinen Arm. Eine Hand glitt, ehe sie sich versah, geschmeidig ihren Rücken hinunter bis an ihre linke Pobacke. Damit ging der gute Mann dann doch entschieden zu weit.

Stein des Anstoßes

Reichlich verärgert war Hauptkommissarin Eichhorn mit schnellem Schritt auf dem Weg zurück ins Hotel. Sie hatte schon verschiedentlich unangenehme Zusammenstöße mit lüsternen Kerlen erlebt, die ihre Finger nicht bei sich behalten konnten, aber so ein ehrwürdiger Greis war bisher noch nicht darunter gewesen. Es war ihr im ersten Moment schwer gefallen, sich gegen seine plumpen Berührungen zur Wehr zu setzen. Sie fürchtete, ihn durch einen geschickten Tritt oder überraschenden Stoß in dem unwegsamen Gelände zu Fall zu bringen und dadurch unangemessen stark zu verletzen. Die Pistole wollte sie schon gar nicht zur Abschreckung einsetzen. Es war nicht ihre Art, mit Kanonen auf Spatzen zu schießen.

Einfach Reißaus zu nehmen, mochte vielleicht feige wirken, erschien ihr aber in diesem Fall die geeignete Reaktion gewesen zu sein. Trotzdem fühlte sie sich irgendwie mies. Der Nachmittag hatte so entspannt begonnen, dass sie sich über diesen misstönenden Ausklang maßlos ärgerte. Sie vergrub ihre Hände tief in den Jackentaschen, weil sie ihre Handschuhe dummerweise bei dem Gerangel auf dem Friedhof verloren hatte. Unruhig und gedankenverloren spielten die Finger ihrer rechten Hand eine Weile mit einem kleinen scharfkantigen harten Gegenstand.

Plötzlich schoss es wie ein heller Blitz durch ihren Kopf, und sie hatte nur noch einen einzigen Gedanken. Der kleine Stein in ihrer Tasche, den sie am Tatort gefunden und achtlos eingesteckt hatte, könnte der Schlüssel zur Aufklärung des Mordfalles sein.

Sie eilte auf ihr Zimmer, um den verdächtigen Gegenstand sehr genau bei Licht zu betrachten. Es handelte sich offenbar um die kleine Absplitterung eines größeren Steines. Es erschien der Hauptkommissarin unwahrscheinlich, dass der Steinsplitter mit den Schuhen eines der Möbelpacker in das Arztlabor getragen worden war. Als sie ihn fand, war er völlig trocken und ohne Reste von Schneematsch gewesen. Es gab nur eine Person, an die sie beim Anblick des Fundstückes dachte.

So schnell wie möglich, musste sie Frau Piefkes Bildhauerwerkstatt auf derartiges Steinmaterial überprüfen.

Obwohl sie in diesem frühen Stadium ihrer Verdachtsmomente auf keinen Fall eine Durchsuchungsgenehmigung erhalten konnte, machte sie sich unverzüglich zum Tatort auf den Weg. Eigentlich wollte sie gleich durch den Garten auf das Grundstück des Apothekers schleichen, aber vor der Arztpraxis stand Menkes Wagen. Also klingelte sie kurzerhand, um zu erfahren, was er hier am Sonntagabend wollte.

"Ach, das ist aber eine Überraschung! Je später der Sonntag, umso schöner die Kollegen", lachte er unverschämt breit.

"Was treiben Sie denn hier, Rudolf?", überging die Hauptkommissarin den müden Scherz.

Der Kommissar erklärte ihr, dass er einige Bücher für Dr. Papadopoulos holen solle. Es gehe dem Verdächtigten schon etwas besser. Der behandelnde Arzt habe allerdings freundlich darum gebeten, dafür zu sorgen, dass der Patient in den nächsten Tagen keineswegs aufgeregt werde. Er brauche dringend Abstand von den traumatischen Geschehnissen.

"Da bin ich eben als hilfsbereiter Polizist auf die Idee gekommen, dem Quacksalber ein paar seiner geliebten Bücher ins Krankenhaus zu bringen. Er war von meiner Idee fast gerührt", alberte Menke.

"Wahrscheinlich wollen Sie sich den armen Mann damit nur gewogen machen. Das ist ja beinahe schon Bestechung von Zeugen." Frau Eichhorn drohte ihm scherzhaft mit dem Zeigefinger.

Rudolf Menke packte ungerührt einige Bücher, deren Titel Dr. Papadopoulos ihm auf einen Zettel geschrieben hatte, in einen kleinen Karton.

"Was suchen Sie eigentlich hier? Lässt Ihnen der Fall nicht einmal am Sonntag Ihre Ruhe?", fragte er zwischendurch ohne sie anzusehen.

"Ach, ich hatte heute einen ganz abwechslungsreichen Nachmittag. Dr. Mürkerhofer, ein pensionierter Gymnasiallehrer — Sie müssten ihn eigentlich kennen — hat mir die Sehenswürdigkeiten von Dornum gezeigt und sehr viel dazu erklärt." Sie verschwieg den unerfreulichen Zusammenstoß vorsichtshalber.

"Der Mürkerhofer? Sind Sie dem tatsächlich in die Hände gefallen?" Menke bog sich vor Lachen.

"Warum lachen Sie so dämlich?", fragte Lina leicht beleidigt. Rudolf wusste anscheinend schon mehr über ihr Erlebnis, als sie ihm zu sagen beabsichtigte.

"Der alte Hochstapler besitzt weder einen Doktortitel noch hat er jemals dumme Kinder schlau gemacht. Ein einfacher Postbeamter ist er gewesen. Erst brachte er mit einem gelben Fahrrad die Briefe von Haus zu Haus und später, als seine Beine nicht mehr so wollten, saß er am Schalter im Postamt. Den kennt hier jeder, den Schwerenöter! Besonders auf die alleinstehenden Touristinnen hat er es immer abgesehen. Im Sommer macht er sich als selbsternannter Stadtführer an sie 'ran. Er erzählt ihnen jedes Mal andere Lügengeschichten. Mal mimt er den Professor, manchmal einen Richter, Pfarrer oder Arzt. Sogar als Rabbiner von der kleinen Synagoge hat er sich schon ausgegeben. Er läd die Damen meistens zum Tee ein und sabbelt ihnen die Ohren voll. Es folgten ab und zu Anzeigen wegen sexueller Belästigung. Aber ich dachte, im Winter würde der Tattergreis pausieren und sich am warmen Ofen die steifen Glieder wärmen. So kann man sich irren! Hihihi!"

Kommissar Menke amüsierte sich köstlich.

Hauptkommissarin Eichhorn sah verlegen zu Boden. Sie schämte sich ein wenig, dass ihr so etwas passieren musste. Der Alte war wirklich ein verflixt guter Schauspieler und in der Geschichte Dornums außerordentlich bewandert.

"Ich bin nur hier, um mir die Werkstatt von Frau Piefke nochmals anzusehen. Wollen wir gemeinsam einen kleinen Blick riskieren?", überspielte Lina geschickt ihre Schlappe.

"Da bin ich sofort dabei. Obwohl ich nicht weiß, was man dort Interessantes entdecken könnte", war Rudolf Menke gleich Feuer und Flamme.

Die Hauptkommissarin hielt den kleinen Steinsplitter zwischen Daumen und Zeigefinger ihrer rechten Hand bedeutungsvoll gegen das Licht.

"Wofür halten Sie das, Rudolf?"

Er kam näher, um das Objekt genauer in Augenschein zu nehmen.

"Zeigen Sie mal her, das Ding. - Hm, sieht ganz nach einem Steinchen aus. Wo haben Sie das entdeckt, etwa in der Werkstatt dieser Frau Piefke?"

"Eben nicht! Ich habe es vorgestern hier am Tatort gefunden, im Labor, unmittelbar an der Stelle, wo vorher der Schrank stand, in dem die Tatwaffe lag", erklärte Lina ihm.

"Ach, ich beginne zu verstehen." Vorsichtig legte Menke den kleinen Stein auf die Handfläche der Hauptkommissarin zurück und drückte ihre Finger sachte darüber zusammen.

Seine Berührung war eine Idee zu zärtlich. Er überschritt damit ganz bewusst die Grenzen der Schicklichkeit. In Linas Magengegend begann es verdächtig zu kribbeln. Schnell zog sie die geschlossene Faust weg, steckte sie verkrampft in die Jackentasche und vermied es vorsichtshalber, den Kollegen anzusehen.

Von impulsiven Intimitäten hatte sie im Augenblick wirklich genug! Zielsicher steuerte sie die Terrassentür an und stapfte wortlos voraus in den dunklen Garten.

Rudolf Menke folgte der hübschen Chefin lautlos bis zum Gartenhaus auf dem unbeleuchteten Grundstück hinter der Apotheke.

Vorsichtig sah Hauptkommissarin Eichhorn durch die staubigen Glasscheiben. Es war völlig finster im Innern der Hobbywerkstatt. Menke drückte dreist den Türgriff nach unten. Zum großen Erstaunen der beiden Kriminalbeamten war das

Holzhaus unverschlossen. Bevor sie sich innen umsahen, stellten sie fest, dass sie offenbar niemand beobachtete, denn sämtliche Fenster zum Garten waren dunkel.

"Hier sieht man ja die Hand vor Augen nicht. Haben Sie eine Taschenlampe?", fragte Rudolf Menke leise und blieb nach dem ersten Schritt stehen, weil er fürchtete zu stolpern.

"Nein, daran habe ich blöderweise nicht gedacht", gab Lina Eichhorn zu, ärgerlich auf sich selbst.

"Machen Sie kurz Licht, der Schalter muss gleich bei der Tür sein. Es wird uns schon keiner entdecken, wenn wir uns beeilen", schlug der Kommissar übermütig vor.

Kurze Zeit später wurde die Werkstatt vom grellen Schein einer Neonröhre durchflutet. Die beiden Beamten schauten sich um und entdeckten tatsächlich eine Steinfigur, die der Farbe nach zu dem Splitter passte. Leider lagen keinerlei Abbruchstücke dieser Art auf dem Fußboden, was für einen genauen Laborvergleich von Nutzen gewesen wäre.

"Notfalls müssen wir die ganze Plastik ins Labor schicken. Aber das wird leider nicht ohne richterlichen Beschluss möglich sein", meinte Rudolf Menke nachdenklich.

"Ich werde gleich morgen nochmals mit Frau Piefke reden. Vielleicht packt sie freiwillig aus. Sonst müssen wir eben eine Hausdurchsuchung beantragen. Was halten Sie davon?" Die Hauptkommissarin löschte das Licht und verließ das Gartenhaus.

"Ja, gut, möglicherweise hat die Frau sogar eine plausible Erklärung für Ihren scheinbar verdächtigen Fund", stimmte der Kollege zu und schloss leise die Tür. Dann schlichen sie hintereinander zur Arztpraxis zurück.

Zweisamkeit

Lina Eichhorn und Rudolf Menke aßen anschließend im Muschelhaus gemeinsam zu Abend. Sie verstanden sich im Augenblick ausgezeichnet und unterhielten sich angeregt über alles mögliche — nur der Mordfall blieb tabu. Die Hauptkommissarin sprach ungeniert dem Weine zu und war sehr guter Stimmung.

"Dieser Hinni Oldewurtel ist ja wirklich ein ostfriesisches Original. Kaum zu glauben, dass es solche Typen bei unserem Verein noch gibt. Ist der eigentlich verheiratet?" Lina konnte sich den wortkargen kauzigen Beamten nur sehr schlecht als liebenden Ehemann vorstellen.

"Nein, das hat er mit den meisten unserer Kollegen gemeinsam. Entweder wir finden erst gar keine Partnerinnen, die Verständnis für die dämlichen Arbeitszeiten aufbringen, oder wir sind schnell wieder geschiedene Leute. Hinni war auch mal verheiratet. Das ist aber schon eine ganze Weile her. Eine äußerst amüsante Geschichte, an die er nicht gern erinnert wird. Möchten Sie sie hören?"

Lina nickte Rudolf Menke aufmunternd zu und nahm einen tüchtigen Schluck aus ihrem vollen Glas.

"Hinni war schon über Vierzig und immer noch eiserner Junggeselle. Es gab das jährliche Stadtfest in unserem Ort, und wie es dabei üblich ist, waren abends alle Männer ziemlich betrunken. Zu der fröhlichen Runde um Hinni Oldewurtel gesellten sich drei nicht mehr ganz taufrische aber umso lustigere Mädchen. Eine von ihnen war im sechsten Monat schwanger. Niemand wusste, wer der Erzeuger ihres Kindes war. Irgendjemand kam auf die Idee, dass dieses arme Würmchen keinesfalls ohne Vater aufwachsen dürfte. Der einzige Junggeselle war aber unser Hinni.

Seine Freunde redeten auf den nur noch blöde vor sich hin glotzenden Volltrunkenen ein, bis der schließlich vor allen Anwesenden lallend um die Hand der Schwangeren anhielt. Die Frau — auch nicht mehr nüchtern — umhalste und küsste ihn dankbar. Dann schwankte die gesamte Gesellschaft in Richtung Oldewurtels Haus, um das Brautpaar zu Bett zu bringen.

Unterwegs gaben sie dem unerfahrenen Bräutigam jede Menge Tipps für den Umgang mit Frauen. Dann machten sie beim Brunnen in seinem Vorgarten halt, wo sich Hinni - von wegen der Körperhygiene — völlig entkleiden musste. Unter dem lauten Gejohle seiner Kameraden schrubbte er sich mit einer Wurzelbürste und eiskaltem Wasser gründlich ab. Man erzählt sich, sein bestes Stück sei nach dieser Intensivreinigung so wund gewesen, dass er es mehrere Tage lang nicht mehr benutzen konnte.

Jedenfalls schlief er in dieser Nacht neben seiner Braut im selben Bett. Sie bestand anschließend darauf, dass er sein Eheversprechen einhielt. Die Ehe wurde, soviel ich weiß, aber lediglich auf dem Papier vollzogen und schon nach kurzer Zeit geschieden. Hinni gilt dennoch offiziell als Vater des strammen Jungen, den diese Frau zur Welt brachte. Ob er inzwischen selbst davon ausgeht, der leibliche Vater zu sein, weiß ich nicht genau. Aber er bezahlt bis heute brav für den Sohn."

Lina zog ungläubig die Augenbrauen hoch. Aber Kommissar Menke versicherte schmunzelnd, dass ihm ein guter Freund die Geschichte genau so erzählt habe. Dann trank er sein Bier aus.

Da er noch die versprochenen Bücher ins Krankenhaus bringen wollte, musste er anschließend aufbrechen. So saß Frau Eichhorn am Ende doch allein vor einer fast leeren Weinflasche und beschloss, aus reinem weiblichem Frust, früh zu Bett zu gehen.

Bei ihrem sorgenvollen Pflichtanruf zu Hause, erfuhr sie von Nobbi, dass ihr Vater in sein Eigenheim am Stadtrand zurückgekehrt war.

"Geht es Big Boss denn wirklich besser? Ist Hörnchen jetzt bei ihm?", wollte Lina wissen.

"Ja und nee! Das heißt: Ja, es jeht dem ollen Querkopp wieder janz jut. Nee, Carina is nich bei ihm. Sie is schwofen mit so'nem janz süßen blonden Bengel. Mit dem würd ike och liebend jern mal 'ne Runde über't Parkett schieben." Der homosexuelle Nobbi kam ins Schwärmen.

"Na, lass die Finger von den unschuldigen Freunden meiner Tochter, verstehen wir uns richtig? Ich denke, du bist zurzeit nicht an Abwechslung interessiert, weil du endlich die große Liebe fürs Leben gefunden hast", zog seine Freundin ihn auf.

"Ach, wat, jroße Liebe füret Leben — allet nur blödet Jewäsch! Euer sauberer Opa ist heute

Morjen im Bad mit meinem Süßen aneinander jeraten. Sie haben sich tierisch in die Haare jekriegt. Anschließend ist Klausi mit seinem wundervollen Adoniskörper für immer durch diese Tür entschwunden. Nu bin ike wieder solo und fürchterlich depressiv", jammerte Nobbi ins Telefon.

"Oh, das tut mir wirklich leid. Big Boss hat aber auch ein verdammtes Talent, überall ins Fettnäpfchen zu treten. Sei nicht allzu traurig. Eine ganz große Liebe, die eine kleine Meinungsverschiedenheit nicht aushält, kann so einmalig nicht gewesen sein. Ich komme auch bestimmt bald nach Hause, um dich und Hörnchen zu trösten. Unser Fall scheint unmittelbar vor dem Abschluss zu stehen", besänftigte sie ihn wie eine barmherzige Schwester.

"Carina tröstet sich bereits anderweetig und mir kannste lieber wat Leckeres kochen, wenn de dich an dein Versprechen überhopt noch erinnerst." Nobbi nörgelte noch ein wenig, beruhigte sich aber schließlich und wechselte das Thema.

"Übrijens hat jemand für dich anjerufen. Rate doch mal, wer!"

"Ach, komm Nobbi, sag's mir schon! Ich bin nicht für irgendwelche Ratespiele aufgelegt", meinte Lina jetzt völlig ernst.

"Spielverderberin, et wär' wirklich total easy jewesen. Dein Schatz aus der Schweiz hat jejen Mittag mal kurz durchjeläutet. Ike hab' ihm deine Nummer vom Hotel jejeben. War doch super, oder?" Man merkte Nobbi an, dass er nun unbedingt gelobt werden wollte und seine verständnisvolle Freundin tat ihm den Gefallen. Dann beendete sie das Telefonat, weil sie für seine abendlichen Blödeleien zu müde war.

Kurze Zeit später, sie stand gerade unter der Dusche, klingelte der Apparat. Schnell wickelte sie sich in ein Badetuch und nahm den Hörer ab.

Es war Ricardo.

Ein wohliges Glücksgefühl durchströmte ihren gesamten Körper im gleichen Augenblick, als seine vertraute Stimme an ihr schaumverziertes Ohr drang.

"Oh, wie schön, dass du anrufst, Liebster! Ohne dich ist im Moment alles so trostlos." Ihr Seufzer klang aus tiefster Seele.

"Eichhörnchen? So kenn i di jo gor net! Host' an echten Kummer, oder läuft's net mit dem Job?" Ricardos Stimme klang sehr besorgt.

Als sie ihren Kosenamen aus seinem Munde auf die typisch schweizerische Art mit dem kehligen "Ch" vernahm, war ihre leichte Verstimmung gleich wie weggeblasen. Sie war seit ihrer Kindheit daran gewöhnt, mit ihrem Nachnamen aufgezogen und verspottet zu werden. Doch wenn Ricardo sie so ansprach, klang das wie Musik in ihren Ohren, und sie wollte um nichts in der Welt anders genannt werden.

Während der folgenden wundervollen halben Stunde, in trauter Zweisamkeit mit zärtlichem Liebesgeflüster, kullerten die kalten Wassertropfen zu Hauf aus ihrem nassen Haar über ihre samtigen Schultern und versickerten weiter unten in dem flauschigen Frottee des umgeschlungenen pastellblauen Tuches. Sie nahm es kaum wahr. Es gab plötzlich eine andere Wirklichkeit für sie und gegen diese wurde die Realität für kurze Zeit zum machtlos in den Hintergrund verbannten Possenspiel. Lina und Ricardo überbrückten die räumliche Entfernung ohne Schwierigkeiten, so wie sie es seit Jahren gewöhnt waren.

"Hörnchen und ich freuen uns schon wahnsinnig auf den Urlaub. Manchmal glaube ich, dass ich es gar nicht erwarten kann. Weißt du, irgendwie ist die Vorfreude auf die Schiferien, seit ich dich kenne, jedes Mal wie die Adventszeit in meiner Kindheit. Es kribbelt richtig unter der Haut, je näher das Fest rückt. Und dann, kurz bevor der Heilige Abend anbricht, wird einem vor Aufregung so übel, dass man glaubt, es nicht länger ertragen zu können. Schließlich strömt aber doch das langersehnte Glück wie der unvergleichliche Plätzchenduft aus allen Winkeln des festlich geschmückten Hauses hervor und trägt dich auf Engelsschwingen zur absoluten Harmonie."

Lina hielt einen kleinen Augenblick in ihrer Schwärmerei inne und fügte dann ernsthaft hinzu: "Rico, ich liebe dich über alles, obgleich ich es selbst nicht ganz verstehe und sich das am Telefon immer irgendwie blöde anhört. Glaubst du mir?"

"Freilich! I weiß doch alles von dir, Eichhörnchen." Es folgte sein jungenhaftes so überaus ansteckendes Lachen.

Lina sah den Vater ihrer Tochter exakt vor sich: Sein graumeliertes dichtes dunkles Haar hing lockig in die hohe Stirn. Darunter strahlten seine warmen braunen Augen. Der schöne große Mund ließ bei jedem Lächeln in der ebenmäßigen Reihe strahlend weißer Zähne einen blanken Goldzahn blitzen. An seinen jugendlich wirkenden sportlichen Körper, mit der natürlich gebräunten Haut, wollte sie jetzt nicht denken. Denn in solchen Momenten konnte ihre Qual, ihn nicht berühren zu dürfen, ins Unerträgliche anwachsen. Sie beschloss schweren Herzens, sich von der angenehmen Stimme ihres Geliebten wieder für eine Woche zu trennen, föhnte ihr Haar gänzlich trocken und legte sich endlich schlafen.

Das Geständnis

Gegen neun Uhr am nächsten Morgen erschien die Hauptkommissarin im Büro. Die anderen Beamten waren bereits anwesend. Menke las im Dienstzimmer gerade laut das neueste Fax vom Labor vor.

"Das Sperma stammt nicht vom Ehemann. Also scheint wenigstens in dieser Hinsicht etwas Wahres an der Aussage des Quacksalbers zu sein", erklärte er nochmals zusammenfassend für die eintretende Chefin.

"Moin, liebe Kollegen! Mit dem Eis und Schnee scheint also auch über Nacht unser Verdacht gegen Dr. Papadopoulos zusammengeschmolzen zu sein."

Hauptkommissarin Eichhorn griff nach dem übermittelten Schreiben des Kriminallabors und las es ganz genau. Dann trank sie einen starken Kaffee und entwickelte im benachbarten Büro in aller Ruhe ihre weitere Strategie.

Sie durfte auf keinen Fall zu früh bei der Apotheke auftauchen, damit Herr Piefke beschäftigt war und sie seine Frau allein befragen konnte. Vorsichtshalber steckte sie das Aufnahmegerät ein. Diesmal sollte ihr die Bildhauerin keine nichtssagenden einsilbigen Antworten präsentieren.

Wirklich konnte Hauptkommissarin Eichhorn ihren Plan ausgezeichnet in die Tat umsetzen, denn sie traf Hilde Piefke in ihrer Werkstatt an. Durch die erwartungsgemäß kühle distanzierte Begrüßung ließ sich die erfahrene Kriminalbeamtin nicht abschrecken.

"Haben Sie etwas dagegen, wenn ich mich hier auf diesen Schemel setze? Unsere Unterhaltung wird heute wahrscheinlich etwas länger dauern", sagte sie ruhig und selbstverständlich.

Die Frau starrte sie nur an und nickte wortlos. Sie legte ihr Werkzeug aus der Hand und hockte sich auf einen größeren noch unbehauenen Stein.

Während der üblichen Rechtsbelehrung durch die Hauptkommissarin, starrte die Zeugin ins Leere, fiel immer mehr in sich zusammen und wurde bleich wie ein matschiger Mozarellakäse. Dann griff Lina Eichhorn in ihre Jackentasche und kramte das Steinchen hervor. Auf ihrer Handfläche präsentierte sie der Bildhauerin das Trumpf-As.

"Wie kommt dieser Steinsplitter aus ihrem Gartenhaus in das Labor der Arztpraxis? Haben Sie dafür eine Erklärung?", fragte die Beamtin gerade heraus.

Starr vor Entsetzen blickte Frau Piefke den kleinen Stein an. Nur stockend und mit schwerer Zunge begann sie endlich zu sprechen: "Ich werde alles sagen. Sie dürfen das Aufnahmegerät einschalten."

In der folgenden Stille konnte man gleichmäßig das leise Rauschen des Bandes vernehmen, das Lina Eichhorn in Gang setzte.

"Frau Piefke, bitte erzählen Sie jetzt möglichst in zeitlicher Reihenfolge, was in der Mordnacht wirklich geschah."

"Ich hatte mich zeitig hingelegt, konnte aber wieder einmal nicht einschlafen. Erst dachte ich daran, eine Schlaftablette zu nehmen. Dann entschloss ich mich aber ganz spontan, noch für ein, zwei Stunden in die Werkstatt zu gehen. Also zog ich den Overall an und schlich leise, um meinen Mann nicht aufzuwecken, nach unten. Wegen der eingeschalteten Alarmanlage, benutzte ich natürlich den Hinterausgang. Zu meinem großen Erstaunen war die Tür nicht verschlossen. Im ersten Moment dachte ich, mein Mann hätte vergessen, sie abzuschließen. Aber als ich durch den Garten ging, sah ich ihn im Hausmantel auf der hellerleuchteten Terrasse unserer Nachbarn stehen. Er wurde hineingelassen und das Licht sofort gelöscht. Ich war wie versteinert. Was Walter dort drüben suchte, konnte ich mir an zwei Fingern abzählen.

Er hatte das Verhältnis mit Maria Papadopoulos doch nicht beendet!

Zitternd schlich ich durch die Büsche in den Nachbargarten und schaute, hinter einem dicken Baumstamm versteckt, in das große erleuchtete Fenster des Behandlungszimmers. Sie hatten es nicht einmal für nötig befunden, die Jalousien zu schließen. So wurde ich Zeugin eines im höchsten Maße peinlichen und ekelerregenden Vorganges zwischen meinem Mann und der leichtfertigen Arztfrau."

Frau Piefke sah die Hauptkommissarin errötend an und fragte: "Muss ich das, was ich drinnen beobachtete auch erzählen?"

Lina Eichhorn nickte nur stumm.

"Vielleicht ist es sogar gut, wenn ich es mir endlich von der Seele rede. Ich kann seit diesem Erlebnis nämlich weder arbeiten noch schlafen", meinte die Frau mit trauriger Stimme.

"Sobald Walter das Haus betreten hatte, fiel die kleine Schlampe über ihn her. Sie zog ihm erst den Hausmantel aus und dann sogar seine Pyjamahosen. Schließlich knöpfte sie noch sein Oberteil auf. Dabei küssten sich die beiden wie verliebte Teenager.

Ich erkannte meinen Mann überhaupt nicht wieder. Er war nie ein leidenschaftlicher Liebhaber, und das fand ich auch vollkommen in Ordnung. Ich schätze keine allzu intensiven Gefühlsausbrüche.

Als ich drei Jahre alt war, starben meine Eltern bei einem Autounfall, dadurch wuchs ich in verschiedenen Waisenhäusern auf. Da gewöhnt man sich schnell daran, mit wenig Zuwendung auszukommen. Eigentlich habe ich auch nur geheiratet, um endlich in einer richtigen Familie zu leben.

Mein Mann war nicht immer treu. Gelegentlich hatte er die eine oder andere Affäre mit seinen Apothekenhelferinnen. Aber dabei verhielt er sich stets sehr diskret und beendete die Angelegenheit sofort, wenn ich es wünschte.

Mit Maria Papadopoulos war es etwas ganz anderes. Sie zog ihn an wie ein Magnet und ließ ihn nicht mehr zur Ruhe kommen." Frau Piefke verstummte und musste von der Hauptkommissarin ermuntert werden, weiterzureden.

"Maria, leichtbekleidet wie eine Sünderin, drückte Walter in den Schreibtischstuhl ihres Mannes und kniete vor ihm nieder. Was ich dann mit ansehen musste, ließ mich fast erbrechen. Sie nahm sein Glied in ihren grell geschminkten Mund und saugte sich daran fest.

Das verzückte Gesicht meines Gatten bei dieser Spezialbehandlung war lächerlich. Er warf den Kopf in den Nacken und schloss konzentriert die Augen. Dann griff er in ihr Haar und bestimmte mit beiden Händen das Tempo dieser ekelhaften Massage. Warum sie nicht daran erstickte, blieb mir bis heute ein Rätsel!"

Hilde Piefke schüttelte sich angewidert, fuhr dann aber weiter fort zu berichten: "Schließlich befreite sich das Luder doch aus der Umklammerung und lief ihm davon. Walter folgte ihr mit wehendem Hemd und wippendem Penis. Es war einfach würdelos, wie die beiden da juchzend wie alberne Kinder hintereinander her um den Schreibtisch jagten.

Schließlich fing Walter die Papadopoulos ein und setzte sie vor sich auf die Schreibunterlage. Er schob ihr Negligé hoch und küsste ihre üppigen Brüste. Sie sank mit dem Oberkörper nach hinten und spreizte vulgär ihre nackten Schenkel. Walter stürzte sich auf ihren Körper, als sei er im Begriff zu verhungern. Überall leckte und schleckte er herum, bis er endlich seinen geilen Schwanz in ihren Unterleib bohrte, das Schwein!"

Die Frau kämpfte sichtlich mit ihren Gefühlen, als sie stockend weitersprach: „Sein Pyjamaoberteil war inzwischen zu Boden gefallen. Ihre Füße ragten über seine bloßen Schultern hinaus und wippten im Rhythmus der kräftigen Stöße.

Unter der Berührung seiner Hände wand sie lustvoll ihren Leib. Diese Ehebrecherin hielt Walters keineswegs zimperliche Bearbeitung ohne Schwierigkeiten aus. Sie war hart im Nehmen!

Nach einer ganzen Weile zog er sie an den Armen hoch. Sie umklammerte ihn wie ein Äffchen. So trug er die Hure zur Liege an der Wand, ängstlich besorgt, dass sein bestes Stück nicht einen Millimeter aus ihr herausrutschte.

Ich musste mein Versteck gegen ein günstigeres eintauschen, um die beiden weiter beobachten zu können. Als ich wieder auf dem Posten war, sah ich, dass die Schlampe nackt auf der Liege kniete und Walter ihren blanken Hintern bearbeitete.

Erst verpasste er ihr einige derbe Klapse. Dann feuchtete er seinen Finger an und bohrte ihn feixt zwischen ihre Backen. Als er anschließend wie ein Tier von hinten über sie herfiel, stieß sie mehrere laute Schreie aus, die ich gedämpft bis draußen hören konnte. Aber das schien beider Vergnügen keinerlei Abbruch zu tun. Walter hielt abwechselnd ihre Hüften oder die Brüste umklammert, während er sich gebärdete wie ein wilder Rammler.

Ich konnte nur immer wieder besorgt an sein krankes Herz denken. — Komisch, wie seltsam man auf eine derartige Erniedrigung reagieren kann!" Die Apothekersgattin suchte umständlich nach einem Taschentuch und schnäuzte sich lautstark.

"Während die Eiseskälte in meinem unbequemen Versteck im Garten nach mir griff, schien es den beiden dort drinnen heiß und heißer zu werden. Zum Abschluss zog Walter die Papadopoulos an den Haaren zu sich heran und spritzte ihr den letzten Schwall seines Spermas direkt ins Gesicht. — Ich habe sie nicht um dieses Erlebnis beneidet." Hilde Piefke seufzte tief und senkte den verstörten Blick zu Boden.

"Lassen Sie uns bitte ins Haus gehen. Ich brauche dringend einen Kaffee." Ihre Stimme klang matt und sie sah die Kriminalbeamtin um Verständnis flehend an.

Auch in der Küche blieben die beiden ungleichen Frauen anschließend unter sich. So konnte die Hauptkommissarin ihre Befragung ungestört fortsetzen. Trotz ihres Mitgefühls für die betrogene Geschlechtsgenossin, konnte sie auf diese Aussage der offensichtlichen Tatzeugin nicht verzichten.

"Fühlen Sie sich nun in der Lage, Ihre Aussage fortzusetzen, dann schalte ich das Band wieder ein?" Lina sah Frau Piefke forschend an. Diese hielt ihre Kaffeetasse umklammert wie einen Rettungsring und reagierte im ersten Moment überhaupt nicht. Dann fuhr sie ohne Vorankündigung plötzlich mit ihrem Bericht aus der Mordnacht fort:

"Danach kleidete Walter sich an und verließ ziemlich schnell die Praxis, huschte durch den

Garten und verschwand im Haus ohne mich bemerkt zu haben. Die Terrassentür war nur angelehnt, weil die Papadopoulos damit beschäftigt war, das Liebesnest wieder ordentlich herzurichten, damit am nächsten Morgen hier die ahnungslosen Patienten behandelt werden konnten.

Ich schlich auf die Terrasse und beobachtete, wie sie mit Papier sämtliche Sperma-Spuren beseitigte. Irgendetwas drängte mich, durch die unverschlossene Tür ins Haus zu schleichen."

Hilde Piefke hielt inne und trank einen großen Schluck Kaffee. Sie starrte in das bittere schwarze Getränk, als könne sie hieraus Antworten auf die Fragen lesen, welche sie ihrem untreuen Ehemann offenbar nicht zu stellen gewagt hatte. Dann sprach sie leiser als zuvor weiter: "An alles, was anschließend geschah, kann ich mich leider nur bruchstückhaft erinnern.

Ich stand plötzlich mitten im hell erleuchteten Behandlungszimmer. Maria Papadopoulos sang leise vor sich hin und drehte mir den Rücken zu. Sie schnitt mit einer riesigen Schere das verschmutzte und teilweise zerrissene Stück von der großen Papierrolle ab, die zur hygienischen Abdeckung der Liege dort angebracht war. Plötzlich drehte sie sich mir zu und sah mich entsetzt an. Die Schere schlug laut klirrend auf den Fliesen auf.

Was sie sagte, weiß ich nicht mehr. Jedenfalls spürte ich das glatte harte Metall in meiner Hand, und dann spritzte auch schon ihr warmes Blut auf meine Hände und in mein Gesicht. Ich stach in blindem Hass zu — mehrmals, ohne zu wissen, was ich tat.

Ich wollte den Makel völlig beseitigen, den Makel des widerlichen Ehebruchs.

Maria winselte anfangs, dann war sie still. Der unangenehm süßliche Geruch ihres Blutes brachte mich endlich zur Besinnung. Weil mir im selben Moment sehr übel wurde, rannte ich zuerst spontan nach draußen. Dort muss ich längere Zeit in der kalten Nachtluft gestanden haben, immer noch die blutige Schere mit meiner rechten Hand umklammert."

Die Hauptkommissarin unterbrach sie an dieser Stelle: "Frau Piefke, wenn Sie Maria Papadopoulos tatsächlich getötet haben, wäre es nun doch angebracht, einen Rechtsanwalt ihres Vertrauens zu benachrichtigen, bevor Sie weiter sprechen."

Die Frau schüttelte deprimiert den Kopf.

"Ich muss diese Sache jetzt und hier zu Ende bringen", beharrte sie eigensinnig.

"Irgendwann begann mein Gehirn dann systematisch zu arbeiten. Ich beschloss alle Spuren so gut es ging zu beseitigen. Zuerst wusch ich meine Hände, mein Gesicht und die Schere im Waschbecken des Labors sauber. Die Schere legte ich, nachdem ich sie sehr ordentlich mit Papier abgetrocknet hatte, einfach in eine der Schubladen.

Mechanisch streifte ich mir ein Paar von den Aids-Handschuhen über, die ich dort entdeckte. Genau wie ich es in Kriminalfilmen immer sah, wischte ich mit feuchtem Papier über alle Flächen, die mein Mann und ich berührt hatten. Wahrscheinlich ist mir das kleine Steinchen dabei aus dem Hosenumschlag gefallen, anders kann ich mir nicht erklären, wie es dort hingekommen sein könnte.

Nach dieser Arbeit schlich ich in meine Werkstatt. Eine Weile saß ich dort wie betäubt auf dem Hocker. In unser Haus konnte ich nicht zurück, weil mein Mann die Tür abgeschlossen und gegen Einbruch gesichert hatte. Also schaltete ich den Heizstrahler ein, hockte mich auf einige alte Lappen auf den Boden und döste vor mich hin bis zum Morgen.

Als Walter mich nicht wie gewöhnlich im Esszimmer am gedeckten Frühstückstisch antraf, suchte er mich hier im Garten. Ich hatte die Blutflecke auf meinem Overall geschickt mit Staub überdeckt und tat so, als habe ich vor dem Frühstück schon ein wenig gearbeitet. Er schöpfte keinerlei Verdacht."

Sie schluckte und sah an der Kriminalbeamtin vorbei ins Leere. "Wenn Sie nicht eine Frau wären, hätte ich auch Ihnen bestimmt kein Wort von all dem erzählt. Wahrscheinlich wird alle Welt entsetzt sein von meiner Tat — aber damit kann ich leben. Hauptsache ist, dass mein Mann und Maria ihre gerechte Strafe erhalten haben, ich will mich der meinen nicht entziehen!"

Die Stopptaste des Aufnahmegerätes gab ein leises Klicken von sich.

Was wäre dem grauenvollen Geständnis der bedauernswerten Täterin noch hinzuzufügen?

Stumm erhob sich die erschöpfte Kriminalbeamtin von ihrem Stuhl. Der zähe Schleim des Verbrechens zog sie, wie so oft, unentrinnbar in seinen Sog. Schier uferlos legte er sich auf ihr gesamtes Wesen und drohte sie qualvoll zu ersticken. Sie brauchte dringend frische Luft. Kurz und knapp wies sie deshalb Frau Piefke an, ein paar notwendige Sachen zusammenzupacken und ihr damit aufs Polizeirevier zu folgen.

Die Apothekersfrau leistete nicht den geringsten Widerstand. Ohne ein weiteres Wort und mit eisiger Miene legte sie, eine kleine Reisetasche in ihrer Hand, den kurzen Fußweg an der Seite ihrer weiblichen Polizei-Eskorte zurück. Von ihrem Mann verabschiedete sie sich nicht einmal. Er würde seine Apotheke in eine andere Gegend verlegen müssen, wenn diese schreckliche Geschichte erst in aller Munde war. In diesem Ort erwartete ihn wahrscheinlich ein unerträgliches Spießrutenlaufen.

Abschluss

Während Hilde Piefke dem zuständigen Staatsanwalt überstellt wurde, erledigte die erfolgreiche Hauptkommissarin einige dienstliche Telefonate. Danach brachte sie den Fall auch formell zu Ende, indem sie den Abschlussbericht schriftlich fixierte.

Ihre drei seltsamen Kollegen wuselten genauso eifrig wie erleichtert um sie herum und sorgten für frischen Kaffee und belegte Brötchen. Jeder schien überaus froh zu sein, dass die schreckliche Bluttat endlich aufgeklärt war. Mit einer in allen Punkten geständigen Täterin blieb bei diesem Fall auch nicht das kleinste Haar in der Suppe zurück.

"Rudolf, informieren Sie doch bitte die örtliche Presse. Wir können den Reportern jetzt ein paar interessante Fakten zum Fraß vorwerfen. Setzen Sie die Raubtier-Fütterung am besten in einer Stunde an, dann sind wir hoffentlich hier fertig."

Lina sprach mit vollem Mund und tippte dabei fleißig weiter an ihrem Bericht. Groothuusen beobachtete sie fortwährend mit unverhohlener Bewunderung.

Die Presseerklärung war nur noch eine schnell erledigte Formsache, dann packte Hauptkommissarin Eichhorn ihre Sachen zusammen, bezahlte die Hotelrechnung und verabschiedete sich. Der Kommissar bot sich an, sie mit dem Dienstwagen nach Oldenburg zu bringen.

"Ich muss sowieso dringend in ein ordentliches Computerfachgeschäft. Ich will mich wegen einem Laptop umsehen. Für Sie ist die Fahrt dadurch kürzer und vielleicht sogar angenehmer." Rudolf Menke grinste auf die übliche Weise. Lina Eichhorn nahm das Angebot trotzdem dankend an.

Einsetzendes Tauwetter hatte die Gegend in schmuddeliges Wintergrau getaucht, als der Wagen mit den beiden Kollegen über die ruhige Landstraße brauste, um die ostfriesische Nordseeküste zu verlassen. Entspannt in den Sitz zurückgelehnt lauschte Lina dem seichten Radioprogramm des beliebten Regionalsenders. "Ich hab' ein Herz aus Schokolade ...", klang es aus dem Lautsprecher, als schwelge die Welt in Liebe und Glück und es gäbe keine grausigen Verbrechen.

Menke fuhr sehr aggressiv mit stramm durchgetretenem Gaspedal. Er verließ sich im Falle einer Geschwindigkeitskontrolle auf seine guten Beziehungen zu den Kollegen. Anfangs redete er ausschließlich von seinem Computer. Lina fielen mehrmals vor unerträglicher Langeweile die Augen zu. Sie musste daran denken, wie viel amüsanter ihr erster Informatikkurs auf der Polizeischule mit den munteren jungen Leuten gewesen war.

Nach der Hälfte der Strecke wechselte der Kommissar spontan das Thema. Er begann wortreich und süffisant in seiner mit schmutziger Wäsche vollgestopften Beziehungskiste zu kramen. Seltsamerweise suchte er ausgerechnet bei Lina Verständnis.

Komisch, dass anscheinend sämtliche Männer das Bedürfnis verspürten, sie entweder anzubaggern oder jammernd ihre unverstandenen Herzen auszuschütten. Sie hätte am liebsten augenblicklich alle männlichen Wesen zum Teufel gejagt.

Alle — bis auf einen!

Da es während der Autofahrt kein Entrinnen gab, verhielt sich Hauptkommissarin Eichhorn ungewohnt einsilbig und flüchtete innerlich vor Menke und ihrer aufkeimenden Depression in einen sehr vertrauten Traum. Dort gab es zwischen leuchtenden schneebedeckten Bergen inmitten klirrender Kälte unendlich viel wärmende Zärtlichkeit.

ENDE

Epilog

Alle Personen in diesem Roman sind fiktiv und ihre Namen frei erfunden. Auch die Handlung ist selbstverständlich so nie passiert. Jegliche Ähnlichkeit mit lebenden Personen oder tatsächlichen Begebenheiten wäre rein zufällig und ist nicht beabsichtigt.

Dieser Kriminalroman ist der erste einer Trilogie.

Zu der Reihe gehören:

1. Die Frau des Quacksalbers
2. Die Deichhexe
3. Hundeverbot

Danksagung

Mein herzlicher Dank richtet sich besonders an meine Familie, die mein Hobby seit Jahren geduldig erträgt und mir ihre Unterstützung ständig in vielerlei Form zukommen lässt.

Marion Scheer